悪役令嬢はお断りします！
～二度目の人生なので、好きにさせてもらいます～

歌月碧威

目次

Main Character

【自由に生きたい悪役令嬢】

シルフィ

乙女ゲームの悪役令嬢に転生してしまい、
破滅エンドを回避するため奔走中！
好きなことだけしてひっそり暮らしたいのに、
なぜかゲームヒロインやアイザックから
散々かまわれて…。

【謎めいたイケメン王子】

アイザック

幼少時にシルフィと出会い意気投合。
学園で再会するもなぜかそっけない
シルフィが気になり、なにかと絡んでいく。
ある目的のために身分を隠して
学園生活を送っている。

悪役令嬢はお断りします！

～二度目の人生なので、好きにさせてもらいます～

——【シルフィの婚約者】——

ウォルガー

シルフィの幼なじみで婚約者。
明るくざっくばらんな性格で、シルフィとアイザックのよき理解者でもある。
四大侯爵家の子息。

——【拝金ゲームのヒロイン】——

マイカ

大商会の娘で、ゲーム内ではウォルガーをめぐってシルフィと対立するが、
実際には助けてもらったことで、
「シルフィ大好き♡」に。

ラルフ

シルフィとウォルガーの幼なじみで、
宰相の子息。頭脳明晰で、
幼い頃から冷静沈着。
アイザックとも仲がよい。

ルイーザ

悪役令嬢の一人で、王太子の婚約者。
シルフィと同じく転生者で、
料理好きが高じてシルフィのカフェを
手伝うことに。

マイヤーヌ

悪役令嬢の一人。ツンデレだが、
実はかわいいものが大好き。
ひょんなことからシルフィたちと仲よくなり、
カフェの店員として参加することに。

エクレール

伯爵令嬢。自分の家の代わりに
公爵家になったシルフィの家に恨みを
持っていて、何かとシルフィに
嫌がらせを仕掛けてくる。

第一章　裏切られて散ったカフェ経営

「ここ、どこ？」

重い瞼をあけると、視界に飛び込んできたのは天蓋付きのベッド。

天井からは、最高級ホテルでしか見たことのないようなシャンデリアがつるされている。

「誰かいませ……んっ？」

自分の声の違和感に気づき、思わず喉もとを押さえた。あれ？　声変わり？

首をかしげつつベッドから下りようとして、さらなる異変に気づく。

白いワンピースから伸びているのは、ふにふにと弾力がありそうな子供の足。もともとモデルのように長い足だったわけじゃないけれど、今の私の足はどう見ても子供のものだ。

——いったいなにが起こっているの⁉

＊　＊　＊

オレンジと紫のグラデーションで染められている空の下。私は自宅近くにある公園のベンチに座っていた。

日中は小学生が元気に遊ぶ声が響いているけれど、彼らが帰宅した今は、私のように仕事終わりの人がアイスコーヒーを片手に休んでいたり、犬の散歩をしたりする人しかいない。そんな夕方の閑静な公園の雰囲気が好きだ。

私は手にしている手のひらサイズのノートを見つめながら、表情を緩ませていた。

いったいなにを見て幸せに浸っているのかといえば、長年の夢であるカフェの開店資金の調達計画だ。

罫線《けいせん》ノートの上部には【目標！　カフェの開店資金六百万円（私は三百万円）】という文字がうかがえる。それから、その下には一月から十二月までの日付が六年分記入されている。

日付の下には月々の目標貯金額があり、金額の上には【達成】と赤いペンで上書きされている。

今月……六月は未記入のままだけれど、二十五日の給料日には達成という文字が記入される予定だ。

「もうすぐだわ。あと数日で目標金額に手が届く。ついに夢が叶う。楽しみだなぁ」

歓喜を含んだつぶやきは、誰にも聞かれることはない。

本当に長かった。ダブルワークで休みと睡眠時間を削り、旅行や欲しいものを我慢する生活。

でも、もうすぐそのつらい生活からも解放される。

ノートに達成という文字が書かれた瞬間、カフェ経営という夢の鍵を手に入れられるのだ。

カフェ経営は私が高校一年生の頃からずっと憧れていた。

第一志望の高校に合格できず、すべり止めの高校に入学。入りたかった高校の制服を着ている生徒たちを見るたびに、自分の実力不足を責める日々。もともとコミュ力が高くないため、クラスにもなじめず居場所がなかった。

そんな時にふらっと立ち寄ったカフェによって、私の人生は激変した。

オーナーこだわりの家具や雑貨で彩られた温かな空間。ほっと心がほぐされるおいしい紅茶に、ほどよい甘さのふんわりシフォンケーキ。初めて訪れたのに、まるで常連さんのように安心した気持ちになれるお店の雰囲気。働いている人たちも生き生きとしている、素敵な場所だった。

夢や将来のヴィジョンがまったくなかった私は、雷に打たれたような衝撃を受け、それをきっかけにカフェの存在に魅了されていった。

休日にカフェを巡るのが趣味になり、やがて自分のカフェを開きたいと夢を見始めた。

お客さんだけじゃなく、従業員にとっても居心地のいいカフェ。そう、私が出会ったあのお店のように——。

具体的な夢ができてからは、カフェ経営に向かって猪突猛進《ちょとつもうしん》。当時は高校の授業が終わってからコンビニでレジのバイトをしてお小遣いを稼いでいたけれど、夢のためにバイト先をカフェへとチェンジした。レシピやメニューを研究し、バイト代はほとんど貯金。

高校卒業後はもちろんカフェに就職した。日中はカフェで働きつつ、夜は開店資金をためるために寝る間を惜しんで副業のバイトのかけ持ちをする日々。

カフェオープンのために心血を注いできたと言っても、過言ではなかった。本業と副業の労働生活をして三年目。夢の切符ともいえる開店資金がもうすぐたまる。こんなにうれしいことはないだろう。

二十一歳で目標金額がたまりそうなのは、私だけの力じゃない。幼なじみで親友の凛々花《りりか》のおかげでもある。地元の高校を卒業後、凛々花が『私も雫《しずく》と一緒にカフェ経営がしたい！』と言って上京。ルームシェアをすれば、生活費が浮くから一緒に暮らそうと誘ってくれ、ふたりで暮らしながら六百万円をためることに。凛々花名義の通帳をつくり、開店資金をふたりで毎月入金している。

長かった。目標額が途方もない金額だったし、睡眠時間を削っての生活はすごくつらかった。でも、それも今月のお給料日に終了。

これからはカフェ経営の方で忙しくなるなぁ。大家さんと賃貸契約を結んだり、内装業者と打ち合わせをしたり……。早く完成したお店が見てみたい！　カフェのことを考えるだけで疲れが消えちゃうわ。お金がたまったら、凛々花と一緒にお祝いをしよう。ケーキの予約をしておこうかな？

はやる気持ちを抑えきれずにいると、鐘の音色が響き渡った。公園内にある大時計が十八時を告げたのだ。

「そろそろ品出しのバイトに行かなきゃ」

私は立ち上がると、ノートをトートバッグにしまい、カーディガンのポケットからスマホを取り出しメッセージが届いていないかチェックする。

「……ん？」

ディスプレイにとあるアプリのポップアップ通知が表示されたので即タップする。

それは、大流行中のゲームアプリの新規イベント発生のお知らせだった。巷《ちまた》で流行《はや》っている乙女ゲーム『ありあまる大金の力で恋愛攻略』のイベントのようだ。ゲームはあまりしない私だけれど、これだけは別だ。『ありあまる大金の力で恋愛攻略』というタイトルからして賛否両論の異色の乙女ゲーム。そのため、レビューには【☆5】か【☆1】という極端な評価がつけられている。

まず、注目すべきはヒロインが異色だということ。

ヒロインのマイカ・オルニスは世界でも屈指の大商会の娘で、自身は美術部門の最高責任者として大金を稼いでいる。名台詞《めいぜりふ》が『攻略対象者《すきなひと》のためならば、お金は湯水のように使うわ！』というヒロインっぽくないもので、これがプレイヤーにウケている。

台詞も斬新なら、性格も斬新。たとえば、イベントで悪役令嬢から賄賂《わいろ》をもらい、マイカに不利な証言をした生徒たちに対しての言動。窮地に立たされたマイカが『そんなはした金で人生棒に振ってよろしいの？』と言って、賄賂の倍以上の金を彼らに渡して正しい証言に訂正させる。

タイトルのとおり、ありあまる金を使って攻略対象者の隣の座をゲットするので、ヒロイン以外のキャラがかすむ。

「新規イベントってなんだろう……あっ、電話」

イベントを見ようとしたら、ちょうどディスプレイに着信の表示がされ、電子音が鳴った。

「凜々花だわ」

家に向かう前でよかった。買い物のリクエストなら、途中にスーパーがあるから立ち寄れるし。

「もしもし、凜々花？」

『……』

「凜々花？」

ディスプレイをタップして応答するけれど返事はなく、ただただ無音。いつもならば、すぐに『雫？　あのね～』という、男子が皆心を打ち抜かれる甘い声が返ってくるのに。電波が悪い所にいるのだろうか。

電話を切って携帯アプリに切り替えようかなと思っていると、やっと声が聞こえた。

『……雫』

消え入りそうな声は震えていて、私の鼓動が大きく跳ねた。嫌な予感が胸をよぎる。凜々花とは小学校からの付き合いだけど、今までこんなに強い負の感情を伝えてくることはなかった。いつも元気で明るく、誰からも愛される女の子。それが凜々花だ。

動揺を抑え、ゆっくりと聞く。

「ねぇ、凜々花。なにかあったの？」

落ち着こうと思うほど、声が震えてしまう。

それが伝わったのか、彼女は嗚咽《おえつ》を漏らした。

スマホ越しというのがもどかしい。一番の親友が苦しんでいるのに、そばにいないなんて……。

「凜々花。今どこにいるの？　私、そこに行くよ」

『ごめんね、雫。本当にごめんなさい。ごめん』

なにに対してのごめんなのか尋ねる間もなく、ツーツーという電子音が虚しく聞こえてくる。

すぐに折り返しても、『お客様のおかけになった電話は電波の届かない所にあるか電源が入っていないためかかりません』という自動音声が流れるだけ。

いったい、凜々花の身になにが起こっているの？

状況がまったく把握できず最悪の出来事が頭をよぎって、目の前が真っ暗になっていく。

たしか凜々花は今日、有給を使って休んでいたよね？　外出していなければ家にいるはず。

私は全速力で凛々花とルームシェアをしているアパートへ駆け出した。公園から自宅までは徒歩十分の距離。走れば七分といったところか。

息を切らしてアパートに到着すると、トートバッグの中に手を突っ込んで鍵を捜す。焦っているせいか、なかなか見つからない。焦る気持ちを抑えながら、やっと鍵をつかみ取り、急いで施錠をはずした。

ガチャンという音を聞き、すぐさま扉を開けて「凛々花！」と呼んだ。けれど、まったく返事がない。ただ、静寂に包まれている。

「いないの……？」

私は靴を脱ぎ、中へと入っていく。

自宅なのに、いつもとまったく違う空間のように感じた。なにが起こっているのかわからず迷宮の地下牢《ダンジョン》に突き進んでいるようだ。

廊下の突きあたりにあるリビングへと向かうが、そこに凛々花の姿はない。

中央に敷かれたラグは私が数ヶ月かけて編んだものだ。凛々花も気に入っていて、ふたりでよくラグの上でくつろいでいた。左側にはテレビ、チェスト、本棚などがあり、本棚にはカフェに関する書籍がぎっしり詰め込まれている。壁にはマスキングテープでとめられた私たちのお店の内装や、私がデザインしたカフェの制服が描かれたイラストがある。

室内の状況は、仕事に行く前とまったく変わっていない。テーブルの上に置いてある手持ち金庫以外は——。

「まさか、泥棒!?」

バッグを投げ出してしゃがみ込み、金庫を見た。

その蓋は開いたままの状態で、中に入れていた一通の通帳がむき出しになっている。

この金庫はふたりの共同カフェの資金専用。額が大きいからと金庫を購入して通帳をしまっているのだ。

「……よかった。通帳は取られていないわ」

安堵《あんど》で全身の力が抜け、私は床に崩れるようにして寝転がった。

ふかふかのラグが体の重みを受け止めてくれ、私は盛大に息を吐き出す。凜々花がしまい忘れただけなのかも。

でも、それならあの電話は？　胸に広がる不安が拭いきれず起き上がって通帳へと手を伸ばした。開くと、目に飛び込んできたのは……。

「なんで残高がゼロになっているの……!?」

頭がくらくらしてテーブルへと倒れるように伏せると、金庫の下に一枚の紙が挟まっているのに気づく。

えっ、なに？

手に取ると、それは凜々花からの手紙だった。そこで真実を知った私は、奈落の底に突き落とされた。

「まさか、凜々花がお金を持ち逃げするなんて……！　しかも、東部《とうべ》さんと……」

東部さんというのは、私がほのかに思いを寄せている男性で、私が勤めるカフェの常連さんだ。自分で会社を経営していて、私たちのカフェ経営についてもいろいろ相談に乗ってくれた。もちろん凜々花とも面識がある。

手紙によると、どうやら凜々花も彼を好きになり、ふたりは結ばれ子供ができた。けれども、東部さんは友人に騙《だま》されて背負った借金が五百万円ある。生まれてくる子供のためにも借金を綺麗《きれい》にしたい。そこで目をつけたのが私たちの開店資金だった。

——手紙の内容をざっくりといえば、こんな感じだった。

待って。私のお金は⁉　凜々花は本当に私のことを裏切ったの？　あんなにカフェがオープンする日を待ち望んでいたのに。信じられない。

私は頭を殴られたような衝撃を受ける。せめて事前に相談してほしかった。

夢も親友も、好きな人もお金もすべてを失い、二十一年間生きてきた中でもっとも絶望的な日になってしまった。壁に飾られているカフェの内装やカフェの制服のイラストがモノクロに染まっていく。

手が届くはずだった夢が儚《はかな》く消えた。

家族同然で共同経営者になるはずだった凜々花。いくら信用していても共同で資金を管理するなんてやめておくべきだったかもしれない。

「警察に……いや、でも名義が……ダメだ、どうしていいのかわからない」

とりあえず働いているカフェのオーナーに相談することにした。

私のカフェの夢を知り応援してくれ、凜々花とも面識がある彼なら、冷静な意見を言ってくれるかもしれない。

不思議と涙は出てこなかった。ショックが大きすぎると人間は泣くことすらできないと、どこかで聞いたことがあるけれど本当だ。そんなこと、実際には体験したくなかったけれど。

アパートから道路に出ると、バイクのエンジン音が聞こえ、思わず端によける。

「はぁ」

もう、ため息しか出ない。

ここからまたお金をためる生活が数年続くと思うと、体も心も鉛のように重苦しく感じられる。

そうだ、もう一度凜々花に電話してみようと思い、立ち止まってトートバッグの中を探ろうとした瞬間だった。左肩から提げていたトートバッグが、急にぐいっと引っ張られた——。

「え!?」

反射的に引っ張られた側へと顔を向けると、バイクの後方に乗っている男が私のトートバッグを掴んでいるのが見えた。

ひったくり⁉

そう思った時にはバランスを崩し、近づいてくるコンクリートが目に飛び込んできていた。

ガッと頭を打ちつけた衝撃を感じると同時に、意識も視界も漆黒のベールで覆われていく。

手や頬に伝わるのは硬くてざらっとしたコンクリートの感触と、生温かい液体の気持ち悪さ。

あれ以上最悪なことがないと思っていたのに、不幸はこんなにも連続するなんて。

遠くで響く女性の悲鳴を聞きながら、やがて私の意識はフェードアウトしていった。

第二章　悪役令嬢に転生しちゃった⁉

「……ん」

意識が少しずつ戻ってくる。

そんな中、肢体に感じるのは、ひったくりに遭い、打ちつけたはずの硬いコンクリートの感触ではなく相反するふかふかな感触。

あー、気持ちいい。上京する時に家具を見にいき、高額すぎてあきらめたベッドみたいだわ。

体全体の重さを均等に受け止めてくれている。このまま眠ってしまいたくなるくらいに気持ちいいけれど、今の自分の置かれている状況を確認しなければと、まぶたを開けて上半身を起こした。そして、目に飛び込んできた光景に絶句する。

「え」

自分がいる場所を確認すると、ベッドの上。

そこまではいい。感覚でなんとなくわかっていたから。でも──。

「ここ、どこ？」

私が眠っていたのは天蓋付きのベッドだった。

ピンクのレースカーテンがベッドの四方をぐるりと囲んでいる。まさか憧れの天蓋付きのベッドなんて！と、ちょっと興奮する。

「部屋もすごいなぁ」

天蓋のカーテンを開けてその外を覗くと、絢爛《けんらん》豪華な世界が広がっていた。

黄金の天井は中央部分が白で塗りつぶされ、今にも飛び立ちそうな二羽の青い鳥が描かれていて、その臨場感に心がときめく。

さらにその天井からは、最高級ホテルでしか見たことのないようなシャンデリアがつるされている。そのまばゆさに驚くばかりだ。

ここがどこなのか、なにかヒントが見つかるかもしれないと思って、辺りを見回してみる。

視界に広がるのは、銀の縁取りが施された姿見に、美術館に展示されていそうな風景画など、ヒントどころか、私の普段の生活ではなじみのないものばかり。ここはヨーロッパの貴族の部屋ですと言われても不思議に思わないくらい、きらびやかな部屋――とにかく、どこを見てもなんの手がかりも掴めない。

「どう見ても病院とは思えないから、お金持ちの家かなぁ」

あの後誰かが私を見つけてくれて、病院ではなく自宅で介抱してくれたのかもしれない。

女性の悲鳴も聞こえたし。

「誰かいませ……んっ？」

ふとここで声の違和感に気づき、思わず喉もとを押さえた。普段の声と違って高めの愛らしい声になっている。

あれ？　声変わり？　事故の衝撃で喉が損傷したのかな。

首をかしげながらベッドから下りようとして、さらなる異変に気づく。

白いワンピースから伸びているのは、ふにふにと弾力がありそうな子供の足。もともとモデルのように長い足だったわけじゃないけれど、今の私の足はどう見ても子供のものだ。

私の身にいったいなにが起こっているのだろうか。

見ず知らずの部屋にいたという戸惑いから、その部屋の豪華さへの驚き、そして自分の体がおかしくなっていることへの恐怖へ感情がチェンジしていく。

まるで私が子供の体に乗り移ったみたいで、気持ちが悪い。

夢でも見ているのかなぁと思っていると、部屋をノックする音が聞こえてきた。

「シルフィお嬢様。お加減いかがですか？　ウォルガー様がお見舞いにいらっしゃいましたよ」

聞こえてきたのは女性の控えめな声だった。

シルフィお嬢様……ウォルガー様……どこかで聞いたことがある名前だなぁ……どこで聞いたんだっけ……？

顎に手を添えて思案すれば、すぐさま脳裏にひとりの美少女の姿が浮かんだ。

「シルフィってまさか⁉」

答え合わせをするために、ベッドから飛び起きてそばにあった姿見を覗《のぞ》き込み、映し出され

た自分の姿を見て頭をかかえた。

「やっぱり、『ありあまる大金の力で恋愛攻略』に出てくる悪役令嬢、シルフィ・グロース！」

どうやら頭に浮かんだのは正解だったらしい。


鏡に映し出されているのは、ふっくらとした幼い輪郭を持つ少女の姿だった。

透き通るような肌に映える腰まで淡い桜色の髪は、私の動きに合わせてさらさらと揺れ動く。

小動物を思わせるつぶらな琥珀色《こはくいろ》の瞳は、極限まで見開かれている。

道でこんなかわいい子とすれ違ったら、絶対に見とれる自信がある。私だけじゃなくて、ほかの人も絶対にそうなると断言するくらいにかわいい。

年齢は十二歳くらいだろうか。

ゲーム内で幼少期の回想録に出てくるのが、ちょうどそのくらいの年齢だったはず。

誰かこの状況を説明してほしい。

どうして私は、あの伝説の乙女ゲーム『ありあまる大金の力で恋愛攻略』のキャラになっているのだろう？

しかも、悪役令嬢のシルフィ・グロース。

ゲーム内には攻略対象者が三人いて、それぞれに婚約者がいる。彼女たちは嫉妬によってヒロインへ意地悪をする悪役令嬢に変貌する。

その悪役令嬢のひとりがシルフィだ。

『四大侯爵《よんだいこうしゃく》』と呼ばれる侯爵家の中でも群を抜いた名家のご令嬢で、攻略対象者のひとりであるウォルガーの婚約者。

生まれた時から決まっていた婚約だけれど、シルフィはウォルガーのことを愛していた。

それなのに、ヒロインのマイカが突然現れウォルガーと恋仲になったので激怒。学園内でマイカをいじめたり、夏休みに別荘で彼女を襲撃したり……。

それが最終的にはウォルガーの怒りを買い、シルフィは夜会で断罪され一家は没落。そして追放された。追放先の〝灰色の森〟で再起を図って逃走を試みるが、〝なにか〟に殺される。

ゲーム内では、なにに殺されるかまでは描写はないけれど。

「ありえない。だって、私は林原雫《はやしばら》だよ。それなのに……」

私がそう声を荒らげた時だった。頭の中にいろいろな情報があふれるように流れてきたのは。

映画を見ているかのように脳裏に映し出されていくそれは、シルフィとして過ごしていた数年の記憶だった。そして、今十二歳だということも思い出す。

「私、悪役令嬢のシルフィ・グロースに本当に転生しちゃったの……？」

待って。いったいどんな経緯があって、シルフィ――私はここで眠っていたのだろうか。

そういえば、さっき誰かが『お加減いかがですか』と言っていたよね。

あー、なんとなく思い出してきた。たしか、王都の子供たちの間で風邪が流行っていて、私にもそれがうつって、生死の境をさまようほどの高熱を出してしまったんだ。

それが転生の引き金になったのかも。

「どうしよう……」

私は頭をかかえてその場にしゃがみ込んだ。

たしかに一生に一度くらいはお嬢様生活がしたいと思ったことはある。でもまさか、悪役令嬢になるなんて！

シルフィを待っている未来は、断罪、没落、追放、死亡エンドという四重の苦しみ。

どうせならヒロインに転生していればよかったのに。そうすればお金も使いまくれるからカフェもオープンできたのになぁと半泣きになっていると、再度「お嬢様？」と女性の心配そうな声が聞こえたので、私は反射的に「はい」と返事をする。

ゆっくりと扉が開かれ、メイドと彼女に付き添われている少年の姿が見えた。

男児は緩いパーマのかかった黒と灰色の中間色の髪に、紅茶色の大きな瞳をしている。元気がありあまっていそうな雰囲気を持つ彼の手には、色鮮やかな花束が。

彼こそ、私の婚約者であるウォルガー・アエトニアだ。

「お嬢様⁉」

「シルフィ⁉」

ふたりは叫ぶように私の名を呼ぶと、駆けつけてきてくれた。

メイドは私の様子をうかがいながら体に手を回して立ち上がるのを手伝ってくれ、ウォルガーは心配そうに眉を下げて私の額に手をあてると熱をはかってくれている。

ふたりを見て心配かけたことに対して、罪悪感をひしひしと感じた。

「ごめんなさい。ただちょっと休んでいただけなの」

まさか、前世を思い出して頭をかかえていましたなんて言えない。言ったら、絶対に正気か？って思われちゃうわ。

「シルフィ。あまり無理すんなよー。病み上がりなんだから」

「えっと……ウォルガーだよね……？」

「なんで疑問形。そうだよ、俺だよ。家は隣同士だし婚約者だし、忘れる要素がないだろ。ほんと大丈夫か？」

「ごめん、なんでもない。寝起きだから混乱していたの」

「なら、いいけれど。ほら、見舞いの花。シルフィ、花が好きだろ。それから、これよかったら。俺の誕生日パーティーの招待状」

「ありがとう」

ウォルガーは屈託なく笑うと、花束と封筒を差し出す。私は封筒の方を受け取る。花束はメイドが受け取ってくれた。

笑った顔がとてもかわいいけれど、数年後の未来では私のことを断罪するのかぁ。

ウォルガーが暮らしているアエトニア侯爵邸は私の家、グロース侯爵邸の隣。

しかも家同士はいずれも、侯爵の中でもとくに優れているとされている四大侯爵という名家。

もともと良好な関係だったけれど、両家がさらなる結束力を持つようにと、私が生まれて数ヶ月の段階で、陛下がウォルガーと私の婚約を決めた。そんな取り決めにも、幼い私たちは反発することはなく、むしろ家族同然のように円満に過ごしている。こんなふうに風邪をひいた時にお見舞いにきてくれるくらいに。

でもゲームではこの先ヒロインが現れて、私とウォルガーの関係にヒビが入ることになるのだ。

今のうちに婚約破棄したいけれど、陛下の御心で決まったことだから反故《ほご》にするのは不可能に近い。それこそ、どっかの大国からの縁談が舞い込まない限り。

でも、私がウォルガーと婚約しているから、絶対にそんなことは起こらない。

どうやって死亡フラグ回避しようかな……。ウォルガーのことを好きになって嫉妬に狂うことになるのだから、彼を好きにならなければいいのかも？　後はヒロインとあまり関わらないようにするとか。

ゲーム本編が始まるのは十六歳の時なので、まだ考える時間はある。

私は死亡フラグ回避を目指すことを強く心に刻み込んだ。

自分が悪役令嬢に転生していることに気づいてからしばらくたった。

その間、シルフィに関してもだいぶわかってきた。

シルフィは四大侯爵家の人間らしく、身分にこだわらず人々に接している。奉仕活動にも熱心で両親と共に孤児院の訪問をしていた。

時々前世と現世の記憶が混じり混乱することもあったけれど、今はすっかり落ち着いている。

前世のことは相変わらず覚えているけれど、それは「あぁ、こんなことあったな」という淡泊な感情。もしかしたら、シルフィとしての精神が強いのかもしれない。

両親や兄との家族間の関係は良好だ。婚約者のウォルガーとも仲良しだし、充実した日々を過ごしている。

このままヒロインに関わらないようにして平和に暮らしていたい。

「……もういっそのこと、他国に留学したいけれど、貴族は王都の学園に通うのが習わしだし」

私はそう言うと、ウォルガーの屋敷の玄関前でため息を吐き出した。

今日はウォルガーの十二歳の誕生日パーティー当日。

私はウォルガーから招待され、馬車に揺られてお隣へ。

ウォルガーの誕生日パーティーということもあり、私の格好はいつもよりも着飾っているが、その衣装は、本当にシンプル。

せっかく貴族令嬢に転生したのでふんわり甘めのドレスが着たいけれど、運河沿いの貿易都市として名高いミニム王国ではフリルやレースのドレスは貴族が着ることがない。

――ゲームの評価でもドレスの件はマイナスな意見が多かったんだよね。やっぱり、ユーザーも貴族令嬢なら華やかなドレスを期待しちゃうから。

どうやらこれはミニム王国に限らず、ミニムがある北大陸全体の風習みたい。

シンプルなデザインのドレスやワンピースが貴族のたしなみ。飾り立てなくても貴族としての品があふれるという信条だそうだ。

余計な手を加えず食材本来の味を堪能する――ような感じなのかな？

玄関ホールでアエトニア家の執事に出迎えられ、執事の案内のもと、パーティー会場である当主の間へ。

扉を開けてもらって中に入ると、室内は贅《ぜい》の限りを尽くしたものだった。

円形状の花飾りのレリーフが施された白い天井には、等間隔にクリスタル製の荘厳なシャンデリアが設置されていて、圧倒された。

明るくコミュニケーション能力が高いウォルガーらしく、ホールには様々な身分の彼の友人やその両親などがお祝いに駆けつけ、談笑している。

「えっと……ウォルガーは……あっ、いたわ！」

前当主であるお祖父様の肖像画の前で彼を発見。

ウォルガーは挨拶に来た同世代の子供たちに囲まれながら、笑顔で応対をしている。

最初は緊張した面持ちの同世代の子供たちも、ウォルガーと話をして次第に笑顔になっているのがすごい。

コミュ力の塊なんだよね。あの性格はすごくうらやましいわ。

「ウォルガー」

私が近づき声をかければ、みんな端によけて通してくれた。

「ウォルガー、お誕生日おめでとう！　プレゼントを先に届けてもらっているはずなんだけれど届いているかな？」

「届いているよ。すごくうれしい。ありがとう」

ウォルガーが肩を揺らして笑った。

「プレゼントのお礼代わりに、シルフィが大好きなケーキを用意しているぞ」

そう言ってウォルガーが視線で指したのは壁際。

真っ白いクロスの敷かれたテーブルには、銀のトレイに盛られた料理やケーキなどのデザート類が並べられている。

プチケーキからホールケーキ、パイ系もあるのかな？

さっと見ただけでも、かなりの量と種類がありそう。

私はもともとカフェ経営を夢見ていたため、ケーキなどの甘味が大好き。

こっちの世界のカフェにも行きたいけれど、貴族令嬢だからいつも馬車の送迎付きで、好きな時にふらっとカフェに立ち寄ることもできないんだよね……。

「ケーキをいただいてこようかな。ウォルガー、なにか食べたいものある？　私、持ってくるよ」

「いや、俺はまだいいや。シルフィ、食べてきなよ」

「じゃあ、ちょっといってくるね」

私は周りにいる子たちに軽く挨拶をして、ケーキの所に真っすぐ向かう。

楽しみでつい頬が緩んでいくのを抑えきれずにいると、視線の先に気になる人を捉えて足を止めた。

「あの子……」

華やいだ雰囲気の中、同年代くらいの子が視線を床に落とし浮かぬ顔で立っている。

耳が隠れるくらいまでの長さに切りそろえられた清潔感あふれる漆黒の髪に、海を思わせる綺麗な瞳。

一見女の子かなぁと思ったけれど、よく見ると男の子みたい。とてもかわいらしい顔立ちをして、私よりも小柄。瞳を揺らして体をぎゅっと縮め、今にも泣きだしてしまいそうな雰囲気に思わず庇護欲を誘われる。

見かけない子だ。もしかして西大陸の子かな？　黒髪も青い瞳も西大陸では珍しくないって聞いたことがある。

「──シルフィ。いったい、なにを見ているんですか？」

凛《りん》とした声が頭上から降ってきたので顔を上げると、若草色のおかっぱの少年が立っていた。

「ラルフ！」

彼は黒縁めがね越しに、エメラルドをはめ込んだようなきらきらとした綺麗な瞳でこちらを凝視している。ウォルガーと同様、ゲームの攻略対象者のひとり、ラルフレッド・ヴァイエだ。宰相の嫡男で、まだ少年ながら頭脳明晰《めいせき》で次期宰相と名高い。

私とウォルガーの幼なじみで、私たちはよく三人で遊んでいる。

「ちょうどよかったわ。ねぇ、あの子誰かわかる？」

私はラルフの肩を叩《たた》きながら、少年を視線で指す。

するとラルフは私の視線を追い、彼の姿を確認してから首をかしげる。

「いえ……見覚えがありませんね。彼がどうかしたのですか？」

「なんか寂しそうだなって。友達がいなくて不安なのかも」

「そうかもしれませんね」

「私、ちょっと声をかけてくるね！　ひとりじゃ心細いと思うし」

「わかりました。なにかあれば知らせてください。僕も一緒に行ったら、二対一で怖がらせる可能性もありますし」

「うん！　じゃあ、行ってくる」

私はラルフに断ると、さっそく窓際にいる彼のもとへ向かった。

ケーキを取ってくればよかったかな？　あっ、でも好きなものがわからないから、後で一緒に取りにいけばいいか。

そんなことを考えながら彼に近づく。

彼は手を拳にしてぎゅっと握りしめ、うつむいているのでこちらに気づいていないみたい。

「こんにちは！」

私が声をかけると、彼はビクッと体を大きく動かし、瞳に不安の色を滲《にじ》ませた。

もう少し優しく声をかければよかったなぁ。いきなり大声で話しかけられたら、誰でも防衛本能が働いちゃうよね。

「こ、こんにちは」

彼は最大限の警戒をしつつも、私に挨拶を返してくれた。

容姿だけではなく、声も女の子みたいでかわいい。あっ、左目の下に泣きぼくろがある。

「私、シルフィ・グロース。ウォルガーのお隣に住んでいるの」

「ぼ、僕はアイザック」

「アイザック、いい名前だね！　もしかして、西大陸出身？　髪の色がこの辺りでは見ない黒だから。綺麗な髪だね」

「うん。グラ……マルフィなんだ。お祖母様と一緒にミニムにあるお祖母様のお友達の家に滞在しているんだけれど、こっちに友達がいなくて……」

「そっか。なら、私と友達になろうよ。一緒に遊ぼう！」

「いいの……？」

「もちろん。ウォルガーとラルフを紹介するよ。きっとアイザックと友達になってくれる。ふたりとも私の幼なじみなの。さぁ、行こう」

そう言って手を伸ばせば、アイザックは頬を完熟リンゴのように赤くして瞳を泳がせる。自分の手を見つめた後、ゆっくりと手を伸ばした。

私とアイザックは手をつないでウォルガーのもとへ向かった。

さっきまでウォルガーは大勢の子に囲まれていたけれど、今はラルフとふたりで飲み物を手に話をしている。ちょうどいい。これならゆっくり紹介できる。

「ウォルガー、ラルフ！」

私がふたりの近くまで行って手を振ると、彼らは振り返り手を上げた。

「ん？　隣の子、見かけない顔だな。もしかして、シルフィの友達か？」

「さっきお友達になったんだ。アイザックっていうの。マルフィから来たんだって」

「そうか。シルフィの友達なら俺の友達でもあるな！」

「どんな理屈なんですか」

ウォルガーの言葉に対して、ラルフが若干あきれた口調で言う。

そんなふたりの間に挟まれているアイザックは、おろおろしていた。

彼がどれくらいミニム王国に滞在するかわからないけれど、滞在期間中は一緒にいっぱい遊べるといいなぁ。この国でいろいろ楽しい思い出をつくってほしいし。そんなことを考えながら、私はアイザックを見つめていた。

これが私たちとアイザックの初めての出会いだった。


アイザックと出会ってから、一ヶ月ほど経った。

彼は長期滞在ではないので、私たちは王都を案内したり、ウォルガーや私の屋敷で遊んだりと、彼との時間を大切にしていた。

最初はちょっとぎこちなかったアイザックも時間の経過と共にすっかり打ちとけ、今では本当に出会って一ヶ月というのが嘘《うそ》みたい。

楽しい時間はあっという間。いよいよ、明日、アイザックは帰国する。

しかも、タイムリミットを迎えた今日は、なんとアイザックの誕生日。

私とウォルガー、ラルフは送別会と誕生日パーティーを開催するために、現在私の家で準備にいそしんでいる。

いつもは大人たちが難しい話をしている応接室は、今日はお誕生日仕様。

カラフルな風船を飾ったり、テーブルクロスも純白から柄物のものに変えたり。

壁には、みんなで作った【お誕生日おめでとう】という文字と四人の顔が描かれた紙も貼ってある。

「アイザック、喜んでくれるといいよな」

「うん」

私とウォルガー、ラルフはメイドに手伝ってもらいながら、ワゴンからテーブルへケーキや軽食を移動させていた。

三人でアイザックが喜んでくれる姿を想像しながら、準備をしているのをメイドたちが優しい笑顔で見守っている。

数分後、部屋をノックする音がし、私たちは、いっせいに扉の方へ顔を向ける。

もしかしてアイザックが来たのかも……！

準備はすでに完了しているので、いつでも出迎えられる。

「シルフィ様。アイザック様がいらっしゃいました。お通ししてもよろしいでしょうか？」

「もちろん！」

私が返事をするとゆっくり扉が開き、メイドと共にアイザックの姿が。

アイザックは私たちを視界に入れるとぱぁっと顔を輝かせたけれど、いつもと違う部屋の様子に気づき目を大きく見開いている。

状況が理解できないようで、おどおどと私たちの方を見た。

「お誕生日おめでとう！」

重なった三人の声に対して、アイザックは身を固くした。かと思えば、だんだんと目に涙を滲ませうつむいた。

「え、ちょっ、待って⁉」

「ごめん！」

「すみません、泣かせるつもりでは」

予想外の反応だったため、全員が焦りだす。

てっきり笑顔で受け入れてくれると思っていたから、泣かれるのは想定外。

嫌だったのか⁉と青ざめながらアイザックを囲んでなだめ始めると、彼が腕を伸ばして私たちに抱きついた。

「みんな、ありがとう」

その台詞を聞き、私たちはやっと笑顔になった。

「僕、誕生日をお祝いしてもらったのが数年ぶりだから、すごくうれしいよ」

「数年ぶり……？」

いったい、どういうこと？

「アイザックのご両親はお祝いしてくれないの？」

なるべく平坦なトーンで尋ねた。

「うん。でも、仕方がないんだ。お母様は病気の療養のために王都から離れた所で暮らしているし。お父様とは一緒に暮らしているけれど、誕生日なんかよりも剣術や武術の腕を磨けって怒るから」

「武術習っているの？」

「そうだよ。僕の家は代々武術や剣術に優れた一族なんだ。それなのに、僕は全然ダメで……すごく弱い。お父様や師匠が、アイザックは人よりも弱いから倍以上の鍛錬を積まなければならないって。いっぱい練習して強くなれって言うんだ」

　私たちはまだ十代だ。子供に求めるには、あまりにも重すぎる期待だと思う。

　アイザックの家庭環境を私は知らない。でも、誕生日くらいお祝いしてくれてもいいじゃないかという怒りを覚える。

「このままお父様のそばにいると僕が壊れちゃうって、お祖母様がミニム王国に連れてきてくれたんだ。友達をつくってゆっくり遊びなさいって」

　壊れるって……。

　親の過度のプレッシャーに押しつぶされそうになっていたのを知り、私は心が張り裂けそうになった。

　アイザックのことを愛して気にかけてくれるお祖母様がいてくれてよかったわ。お祖母様がいなかったら、アイザックは本当に壊れてしまっていたかも。

本当によかった。私はお会いしたことがない彼のお祖母様に感謝した。

「今日は、今までの分もお祝いしようね」

私は手を伸ばすとアイザックの頭をなでる。

「シルフィの言うとおりだ。俺たちがお祝いするぞ！」

「えぇ。さっそくパーティーを始めましょう」

ウォルガーとラルフがアイザックの背に手を添えてソファへ座るように促すと、アイザックが顔を緩ませながら小さくうなずく。

アイザックにとって一番記憶に残る誕生日パーティーになるよう願った。


楽しい時間はあっという間に過ぎていく。

それぞれの屋敷から迎えが来たことを知らされ、私たちは名残惜しいけれど、パーティーを閉会した。

明日にはアイザックはミニム王国を離れてマルフィへ戻る。そうなったら、なかなか会えなくなるだろう。私たちは残された時間の尊さを感じ、すぐに別れることができなかった。迎えの馬車の前に集まり、四人で尽きることのないおしゃべりをしている。

「僕ね、今までで一番楽しい誕生日だったよ。本当にありがとう」

プレゼントの包みと壁に飾っていたお祝いメッセージの紙を抱え、アイザックがふんわりと笑っている。

「寂しいな。明日でお別れなんてさ。見送りにいくからな。夕方出発だっけ？」

「……うん。そのことなんだけれど」

さっきまで笑顔を浮かべていたアイザックは、急に眉を下げ口ごもりながらうつむいた。

いったい、どうしたのだろう。彼は息をゆっくりと吐き、私たちを見つめた。いつもと違い表情が引き締まって凛々しい。

「あのね、明日見送りにこないでほしいんだ」

「え？」

当然見送りにいくつもりだった私たちは、一秒もズレることなく三人いっせいに間の抜けた声を上げた。

「みんなと一緒に過ごしてすごく楽しかった。ずっとここで暮らしたいって思えるくらいに。でも、僕強くなりたいんだ。だから、僕が強くなるまでみんなと会うのは我慢する。何年かかるかわからないけれど、強くなってまたみんなの前に戻ってくるから、その時はまた遊んでね」

アイザックの透き通るような海色の瞳は滲んでいるけれど、滴《しずく》となって頬を伝うことはなかった。ぐっと唇を噛《か》みしめ、手を強く握りしめている。

最後のお別れくらいさせて！　もうしばらく会えないんだよ？　って言いたい気持ちをぐっと押し殺してただ静かにうなずく。

アイザックの決意を揺るがすわけにはいかない。それは私だけじゃなくウォルガーたちも同様の気持ちだったらしく、ふたりとも泣きそうな顔をしたまま、ただうなずいた。

「シルフィ」

名前を呼ばれると、ぎゅっとアイザックに抱きしめられた。

「あの時、声をかけてくれてありがとう。お父様に国を守れるくらいに強くなれって毎日言われていて、正直、そんなの無理だって思っていたんだ。僕はお父様とはちがうから。でも、強くて優しい君と出会って変わった。シルフィを守れるように強くなりたい。シルフィが僕を助けてくれたように」

「アイザック……」

彼の体は小さく震えていた。

いろいろな想いを抱えて結論を下した彼を見て、私は泣きそうになった。

「手紙出すね」

「うん。僕も出すね」

「俺らにも出せよ。こっちからも手紙出すからさ」

ウォルガーとラルフが、私を抱きしめるアイザックを左右から挟むように抱きしめた。

我慢していたのに、こらえきれず視界が滲んでいく。私だけじゃなくて、ウォルガーたちも声を殺して泣いている。

こうして私たちはアイザックとお別れをすることになった。

いつか再び笑って四人で再会できる日まで――。


それから一年。私の生活は少しずつ変わってきた。

一番大きく変わったのは、前世で大好きだった裁縫を始めたことだ。でも、それは公にできない秘密の趣味。だって、この国では身分が高い女性は労働をしない。私が暮らす北大陸ではそれが常識だ。労働＝家の没落。働かなきゃならないほど、家の地位や資産が貧しいということになるからだ。

そのため、ずっと裁縫を我慢して生活していたけれど、私付きのメイドが大切にしていたセーターに穴があいて落ち込んでいたのをきっかけに、転機が訪れた。セーターをダーニングで修繕してあげたのだ。

ダーニングというのは、虫食いや生地すれを毛糸などで補強すること。完全に復元するというわけではなく、修繕跡が模様のようになるのだ。大切な衣服を長く愛用できるようにする、とても素敵な技法だ。日本の文化では刺し子が近いかも。

ダーニングで修繕したものがメイドから彼女の友人へ広がり、今では修繕の依頼がくるまでになった。修繕した物には〝押し花の栞《しおり》〟を添えてラッピングし、持ち主のもとに戻すことにしている。もちろん、私がそんな仕事をしているのは秘密だ。この事実を知っているのは、家族とウォルガーのみ。

順調なように見えて、実際はその修繕品に関して悩みがある――。

「どうしよう……」

私は自室にあるソファに座り、頭をかかえていた。

目の前のテーブルに置いた四角い箱の蓋を開けると、ベルベットのホルダーにダイヤモンドがはめ込まれている。

恒星にも負けない輝きを放っているダイヤ。私の親指の爪くらいでかなり大きい。私が子供用の手袋の修繕した時のお礼としてもらったものだ。

実はこのダイヤが私の悩みの種。修繕の代金にしては高すぎる！

もちろん、高価すぎて受け取れないから、メイドに返すように言った。でも、〝ダイヤを換金して代金にしてください。寄付してくださってもかまいませんので。幸運の手袋を直してくれたお礼です〟と拒否されたらしい。

こうなったら、自分で返しにいこう！と思ったが、この案件が複雑だった。

私は正体がバレてしまうのを恐れ、代理人を立てたが、依頼人も代理人を立てていた。どうやら依頼人は極秘の人物らしい。

どこの大富豪の子の手袋を直したのだろうか……ダイヤをぽんと渡せるなんて、相当な大金持ちだろう。

「はぁ……どうしよう……依頼人の言うとおりに換金して寄付しようかな……」

私は何度目かわからないため息を吐き出す。さすがにひとりでは決断を下すことができないので、お父様に相談しようかな。

私は立ち上がると、ダイヤがはめ込まれた箱を手に取ってお父様のもとに向かう。

結局、ダイヤは換金して寄付することになった。

第三章　悪役令嬢より悪役がいるなんて！

時が過ぎるのは本当に早い。シルフィとして生活して、あっという間に王立学園の入学式を迎えた。

「……いよいよゲーム本編が始まるのね」

私はため息を吐き出しながら姿見の前に立つ。そこには、十六歳の自分の姿が映し出されている。

成長した自分の姿は、ゲームのパッケージに描かれているままの悪役令嬢、シルフィ・グロース。

制服は、上がクリーム色のブラウスに灰色のブレザー。ブレザーの裾と袖の部分は黒地で白のラインが入っている。下は黒のスカート。毎日プレイしていたのですっかり見慣れていた。襟には、王立学園の校章である書物を持った孔雀《くじゃく》の襟飾りがついている。

襟飾りは家のランクを瞬時に判別できるようになっており、プラチナ、ゴールド、シルバー、ブロンズの四種類に色分けされていた。プラチナはミニム王国の王族または、その婚約者。ゴールドは公・侯爵。シルバーはそのほかの貴族。ブロンズはさらにそのほかの富裕層。

なので、私はゴールドだ。

「学園生活どうなるのかなぁ」

ウォルガーとの関係はとても良好。でも、ヒロインのマイカがウォルガールートに入ったらどうなるかわからない。もし、仮にウォルガーがマイカのことを好きになっても、絶対に邪魔はしないようにしよう。そして、なるべくマイカと関わらないようにして、断罪の種をつくらないでおこう！

「お嬢様。どうかなさいましたか？　ずっと鏡をご覧になっておりますが」

メイドの声にハッと振り返ると、壁際で控えていたメイドたちが心配そうな表情を浮かべてこちらを見つめていた。

「いえ、この制服似合うかなって……」

「ご安心くださいませ。お嬢様の制服姿は王都一ですわ。いえ、ミニム王国一です！」

「ありがとう。お世辞でもうれしいわ」

私は微笑むと、メイドからドクターバッグタイプの通学鞄《かばん》を受け取る。二種類のブラウンのレザー生地を組み合わせて縫われたもので高級感がある。

この鞄はお父様が任されている領地、アッシャードの鞄職人が作った物で、入学のお祝いにお父様経由でいただいたもの。

アッシャードは貴族と庶民との距離が近く、温かい人柄の領民ばかりなので大好きだ。

職人にお礼のお手紙を出したけれど、直接気持ちを伝えたいので休みの時に訪れたい。

「馬車の準備が整っております。そろそろ出発のお時間ですわ」

「えぇ。今、行くわ」

私は大きくうなずき、不安と期待が入り交じった複雑な心のまま学園へ向かうことにした。


馬車に揺られること十分、私は王立学園に到着した。

馬車止めで降ろしてもらい、これから四年間通う校舎を眺める。白を基調とした建物は三角の尖塔《せんとう》がふたつ左右に付属され、少し離れた所に灰色の旧校舎がうかがえた。

ミニム王国に住んでいる王族、貴族の子息、子女たちは、十六になったらこの学園に入学する。それが昔からの習わしだったが、最近はステータスの一環として富裕層の子たちも通うようになったそうだ。

『ありあまる大金の力で恋愛攻略』の主人公であるマイカは、そんな富裕層のひとりだ。

世界中に数多ある商会の中でも、潤沢な資金と絶対的権力、そして広い人脈を誇っている商会を『十大商会《じゅうだい》』と呼び、マイカはその中のオルニス家の出身。もともと西大陸にあるグランツ国に本店を置くオルニス商会は、北大陸進出のために支店をミニムに置いたのをきっかけにこの学園に通うことに。

慣れない国でも明るく前向きなヒロイン・マイカは、学園内で攻略対象者と出会い恋に落ちる。

それがゲームの始まりだ――。

「マイカはもう登校しているかしら？」

私は辺りを見回す。

馬車止めには馬車が十数両停まっていて、真新しい制服に身を包んだ生徒が続々と降りてくる。

在校生はもうすでに登校しているので、ここにいるのは新入生たちばかり。生徒たちはやや緊張した面持ちで、石畳を歩き建物へと向かっていく。

もしかしたらあの中にマイカが？と思って探していると、突然背中に強い衝撃が走り、バランスを崩して尻もちをついた。しかも、最悪なことに足をくじいたようだ。

「痛っ……」

痛む右足をさすれば、私の体を覆うように影が差す。

ゆっくりと顔を上げると、ハニーゴールドの髪の少女が立っていた。

彼女は緩やかにウェーブがかかった肩下までの髪を手で払うと、猫を思わせる蜂蜜色の瞳で私を見下ろし、器用に片方の口角だけ上げると喉で笑う。彼女の左右には取り巻きである双子の男爵令嬢ティーナとリーナの姿があった。

入学早々、最悪。

私は今すぐ家に帰りたい衝動に駆られていた。

嘆息を漏らすと、私は苦々しく彼女の名を呼ぶ。

「――エクレール」

彼女はラバーチェ伯爵の子女、エクレール・ラバーチェ。

ラバーチェ家は彼女の四代前まで四大侯爵家の一つだった。けれど、彼女の曾祖父の時代に領地の不正に手を貸した疑惑により侯爵から伯爵に降格。当然、四大侯爵の座からも転落した。そして、その時ラバーチェ家の代わりに私の家、グロース家が四大侯爵の座に就いた――そんな経緯がある。

それ以来、ラバーチェ家は代々私たちグロース家を恨んで常に目の敵にしている。

……ゲームの中にエクレールなんてキャラはいなかったはず。こんなに強烈キャラがいたら覚えているもの。彼女の方がよっぽど悪役令嬢っぽいわ。

「まぁ！　ごめんなさい。シルフィ様。ちょっとよそ見をしていたら、軽くぶつかってしまいましたわ。もちろん、許してくださいますよね？　だって、四大侯爵ともあろう家柄のご令嬢が、伯爵家の娘に軽くぶつかられたくらいで、苦言を呈するなんて、そんなみっともない真似《まね》はできないはずですもの」

尻もちをつかせるほどの衝撃を与えておいて軽くぶつかりましたとは、あきれたものだ。

彼女は〝現・四大侯爵グロース家〟の人間である私が目障りなのだ。だから、なにかと言いがかりをつけてくる。

しかし、そんなことでは動じない。別に今日が初めてではないのだ。夜会では嫌みも何度も言われているし、私だけではなく、お父様や先代のお祖父様たちも被害を受けてきた。先代の時に抗議をしたこともあったが、余計悪化したため、穏便に済ませようとグロース家はずっと事を荒立てずにやってきた。

私がここで感情的になれば騒ぎになってしまう。せっかくの入学式というハレの日に、ほかの生徒に迷惑をかけるわけにはいかない。

私は深呼吸を数回繰り返して気を静めた後、口を開きかけると、先に取り巻きのティーナがしゃべりだした。

「あら？　シルフィ様。その鞄、どちらのものですか？　レザー小物で歴史と伝統がある有名なルーベスト国のものではありませんわよね。もちろん、私やエクレール様はルーベスト国で作ってもらいましたのよ。職人の中でも五本の指に入る方に。もしかして、四大侯爵なのに作ってもらえなかったのですか？　まぁ、かわいそう。私たちはすぐに作っていただけましたわよ。ねぇ、エクレール様」

「えぇ。本来ならば三年待ちなのに、特別に作ってくださったの。私の家に恩があるからだって。シルフィ様のもの、とても素晴らしい職人が作り上げたのでしょうね。四大侯爵ですし」

「鞄は領地の職人から入学祝いにいただきました」

「まぁ！　領地ですって」

エクレールが鼻で笑うと、取り巻きふたりもクスクスと笑いだす。

自分が笑われるのはかまわない。でも、お祝いの鞄や領地を馬鹿にされるのは許せない。私はこめかみが痙攣《けいれん》するのを感じながら、ぎゅっと拳を握りしめた。

「我が校は鞄に関してとくに規定はありません。領地の職人はとてもいい仕事をしておりますわ。侮辱はやめていただきたい」

「あら、負け惜しみ？」

あぁ、いるよなぁ……こういう人……。

ただでさえ自身の悪役令嬢フラグを降ろすのに大変なのに、さらなる悪役が登場するなんて！　ゲームにはいなかったエクレールという強烈なキャラが加わり、学園生活に暗雲が立ち込める。

四年間、私の精神が持つだろうか？……と思っていると、「シルフィ！」と私の名を呼ぶ声が聞こえた。

弾かれたように声のした方へ顔を向けると、黒髪の精悍《せいかん》な少年がこちらに駆けてくる。

耳が少し隠れるくらいまで清楚に切りそろえられた漆黒の髪に、海を思わせる青色の瞳。

彼はクリーム色のワイシャツを着て、その上に灰地のジャケットを羽織っている。ジャケットの襟は黒地に白のラインが入っていた。下は黒のズボンを履いている。

制服の上からでもわかる鍛え上げられた筋肉質な体は見るからに屈強そうだ。

「シルフィ、大丈夫か？」

目の前に現れた彼は、いきなり私を抱きかかえた。

だ、誰？　なんでいきなりお姫様だっこ!?

見知らぬ青年を注視すると、左目の下に泣きぼくろがあることに気づく。

ん？　もしかして……。

漆黒の髪に海色の瞳。それから、泣きぼくろ。

「アイザック!?」

私は突如思い浮かんだ名前を叫んだ。

彼は返事の代わりに、にっこり微笑んでそっと私を下ろした。

「えっ、どうしてここに？　手紙ではなにも言ってなかったじゃない。それより、再会できたってことは願いが叶ったってことだよね？」

「それは後で説明する。君が倒れるのを見て肝が冷えたよ。大丈夫か？」

アイザックは私とエクレールの間に立った。

幼少期は私よりも小さかったのに、今では私よりもはるかに背が高くなり、華奢だった体はたくましくなっている。

最後に会ったのはアイザックの誕生日パーティー以来だから、四年ぶり？　あんなに小さくて泣き虫だったのに、今や誰もが振り返るであろうイケメンに成長しちゃって……と感慨に耽

ると、

「お前たち、シルフィになにをした？」

人を凍りつかせるほど冷たい声が響く。見上げると、声と同じくらい冷たい瞳でアイザックがエクレールを見据えた。

これが本当にあのアイザック？　私の中の少年のアイザックと、どうしても結びつかない。彼の瞳に捉えられたエクレールたちは、体をぎゅっと縮こまらせて三人で抱き合い、オオカミに睨まれた子ウサギのようにわなないている。三人がこんなに怯《おび》えている姿を見るのは初めて。

「もう一度聞く。なにをした？」

「……っ‼　ち、ちょっとぶつかっただけじゃないの。校章がブロンズのくせに！」

エクレールは捨て台詞を残すと、立ち去っていった。

「アイザック、助けてくれてありがとう。それから――」

私が腕を伸ばしてアイザックに抱きつくと、彼は「シルフィ⁉」と裏返った声をあげる。

さっきまでの嫌な気分が吹っ飛び、アイザックに再会できた喜びが爆発した。手紙のやり取りはしていたけれど、こうして直接会えるのはうれしい。

「おかえりなさい」

「ただいま。会いたかった」

アイザックはゆっくり息を吐くと、私をぎゅっと抱きしめた。

懐かしいその感覚に、一瞬、少年のアイザックの面影が頭をよぎった。

「私も会いたかったよ。ねぇ、ウォルガーたちにも会った？」

その時、ちょうどタイミングよく「おーい、大丈夫か？」という声が聞こえた。振り返ると、ウォルガーが手を振りながら走ってくるところだった。

到着したウォルガーは、脇腹に手をあてて肩で息をしている。

「いやー、アイザックって足が速いな。昔はラルフより遅かったのに」

「あの頃はな」

「ねぇ、ウォルガー。アイザックが入学するのを知っていたの？」

「いや、知らなかったよ。さっき馬車から降りてびっくり。女子たちの黄色い声が聞こえるなぁと思って見てみると、アイザックがいたんだ。最初はまったく気づかなかったよ。ラルフなんて、あいつ、口をぽかんと開けていたぞ。しかし、こっちに留学するなら言えよ」

「ごめん。驚かせようと思って」

「それなら大成功だ。再会できたってことは、叶ったんだな」

「あぁ。詳しくは後で話すよ。これから四年間は一緒にいられるから、時間はたっぷりあるし。なぁ、それよりもさっきの女は誰なんだ？」

アイザックが足早に教室に向かっていくエクレールの背を見ながら尋ねた。するとウォルガーが肩をすくめて言う。

「エクレール・ラバーチェ。元四大侯爵家だ」

「元？」

「そう。エクレールの三代前の先祖が領地で不正を働いたんだよ。それを当時の陛下に諫《いさ》められ、伯爵へ降格になったんだ。そして失脚したラバーチェ家に代わってシルフィの家、グロース家が四大侯爵になったんだ。それ以来、ずっとグロース家のことを恨んでいるんだよ。一族全員でな」

「逆恨みじゃないか」

「そう。完全な逆恨み。でも、お前のおかげでおとなしくなるんじゃないか」

「当然だろ。大切なシルフィを傷つけられたんだ。ところでラルフは？」

振り返ると、大きく肩で息をしながら座り込んでいるラルフの姿が目に入った。

「ラルフ、大丈夫かしら？」

「あいつ、成長するにつれ、体力がなくなっているよな。そのぶん頭いいけれど」

ウォルガーは苦笑いを浮かべると、ラルフのもとに向かった。

「ねぇ、アイザック。いつ戻ってきたの？　どこに住むの？」

早口で質問すると、アイザックは喉で笑っている。

久しぶりに会えたから、思わずテンションが上がってしまった。ちょっと恥ずかしくなってうつむく。

「今日の早朝に到着したんだよ。王都の郊外にある屋敷に住むことになっているんだ。父上が用意してくれた」

「お父様からの……？」

親子関係は改善したのだろうか。

「あぁ。認められたんだ。父上からも周りからも。だから、許可が下りて今回の留学が叶った。卒業したら戻らなきゃならないけれど」

「そっか……戻っちゃうのね……」

戻るのは寂しい。けれど――今度は幼少期と違って会うことができる。学園生活の四年間は一緒にいられるし。そう自分に言い聞かせて気を取り直した。

「クラス一緒だといいね」

ゲームでは私とウォルガー、ラルフは全員別々のクラスだけれど、ゲームキャラではないアイザックはどのクラスなのかわからない。

「俺はシルフィと一緒のクラスだよ」

「そうなの？　もしかして、もうクラス表を見たの？」

「いや、そう取り計らってくれたらしい。特別扱いはしないように言っているんだけれど」

〝特別扱い〟って……？

そういえば、アイザックの家について詳しく聞いたことがない。校章はブロンズだけれど……。

「ねぇ、アイザック。アイザックの家って……」

私が尋ねようとした時、「おーい」というウォルガーの声が届く。

ふたりで視線を向けると、ラルフに肩を貸しているウォルガーの姿が見えた。

心なしか、ラルフの顔色が悪いような気がする。

「アイザック。ラルフのことをお姫様だっこで運んでやって」

「冗談じゃありません！」

ラルフが慌てた声を上げる。

「叫ぶ体力あったら大丈夫だな」

ウォルガーが肩をすくめて言うと、いまいましそうにラルフはウォルガーを睨む。

こうしてゲーム本編同様に私の学園生活は始まった。

入学から二週間が経過。私は学園生活にも慣れ、平穏な日々を送っていた。

アイザックが一緒にいてくれるので、エクレールの方から近づいてくることはない。

ヒロインのマイカともあまり関わりがなく、今のところフラグが発生する気配がない。このまま順調にいけば、四年後に無事卒業できるはずだ。

でも、ちょっと心に引っかかっていることがあるのよね……。

午前中の授業が終わり、生徒たちが食堂に集まって、友人たちと食事をしながらおしゃべりにいそしんでいる。

私もアイザックと共にお昼ご飯を食べながら、なんとなく気になって、テラス席へと視線を向けた。

そこには大輪のバラのように華やかな少女が座っている。大きなミルクティー色の瞳が印象的だ。銀を溶かしたような腰まで長い髪はまとめてバレッタでとめ、そのまま背に流している。食事はすでに終えているらしく、本を読んでいた。

彼女の名はルイーザ・ハーゼ。ハーゼ公爵《こうしゃく》令嬢だ。

ゲームの攻略対象者であるエオニオ王太子殿下の婚約者で、悪役令嬢のひとりだ。

「ねぇ、アイザック。どうしてエオニオ王太子殿下は入学してこないのかしら？　婚約者であるルイーザ様は入学しているのに」

私はスプーンでスープをすくいながら、テーブル越しに座っているアイザックに尋ねた。彼はもうすでに昼食を終え、食後のコーヒーを飲んでいる。

ゲーム本編ではエオニオ王太子殿下も入学しているはずなのに、現実には入学していないことが、ずっと気になっていた。

どうしてゲームと違うのだろうか。私の知っているシナリオどおりにはいかないのかな？

「とくに不思議がることはないと思うよ。毎日学校に通うと執務に支障が出るから、家庭教師に任せている国だってある」

「そうなんだけれど……」

「シルフィはエオニオ王太子殿下に会いたいの？」

アイザックが少し不安げに尋ねてきたため、私は慌てて首を振る。

エオニオ王太子殿下とは夜会で何度かお話をしたこともあるけれど、とくに親しいというわけではない。

「シルフィはどんな男がタイプなんだ？」

「好きなタイプかぁ……んー」

とくに今まで考えたこともなかった。しいていうなら、その時に好きになった人がタイプということになるかも。

あれ？　そういえば、私前世でも現世でも彼氏がいたことがない!?　今、ウォルガーと婚約しているけれど、それは陛下が決定したものだし。

「好きになった人がタイプだと思う。アイザックはどんな女性がタイプなの？　かっこいいからモテたでしょ？　うちの学校でも人気だし。入学式の時も颯爽《さっそう》と助けてくれて王子様みたいだったよ」

「お、俺は……」

アイザックが手にしているコーヒーカップを置き、姿勢を正した時だった。入り口がやたら騒がしいことに気づく。

「なにかしら？」

視線を向ければ、ウォルガーとマイカが楽しそうにおしゃべりをしながら、食堂に入ってきた。そういえば、最近よく一緒にいるのを見かける。

「ねぇ、ご覧になって。マイカったら、またウォルガー様といらっしゃるわ」

「シルフィ様を差し置いて」

「なに様のつもりなのかしらね。そういえば、入学式にアイザック様と楽しそうに話をしているのを見かけたわ」

「アイザック様とも？　庶民のくせに図々しい」

近くの席からそんな声が聞こえてくる。ふたりとも学園内で女子人気が高いため、マイカへ冷たい視線が注がれていた。

「……あっ」

じっと見すぎていたせいか、マイカがこちらに気づいた。

視線が交わった瞬間、彼女は目を大きく見開き、なぜか頬を染めると深々と頭を下げる。

ん？　もしかして、私じゃなくてアイザックのことを見ていたのかな？

「マイカって、アイザックのことが好きなのかしら？」

「それはない。絶対にない。ありえない。俺に関していえば神に誓ってない。断固として、否定する」

「なんでそんなに否定を……」

不満げなアイザックに、思わず吹き出してしまう。

「顔見知りだけれど、親しくはないからな。お互いミニム王国に留学するのも知らなかったくらいだ」

「えっ、マイカと以前から知り合いだったの？」

「うちに出入りしている」

そうか。アイザックは西大陸のマルフィ出身。マイカの家、オルニス商会は西大陸を中心に商いをしているため、取引があっても不思議ではない。

「ねぇ、アイザック。知っていたら教えてほしいんだけれど、マイカって好きな人いるのかな？」

「どうだろう。でも、わざわざ自分でオルニス商会の支店を設立し、留学するくらいだ。仕事が一番なんじゃないか？」

オルニス商会の支店をつくり、ミニム王国に留学したのはゲームと一緒だ。ということは、もしかしたらこれから彼女は好きな人ができるのかもしれない。

攻略対象者にはありあまる資金を利用して攻略をするから、ウォルガールートならばウォルガーを攻略するためにお金を使うはず。誰のルートに向かうかを知るには、お金の動きが参考になりそう。

平和な学園生活を守るためにも、これからもマイカとの距離を保ちつつ、彼女の動きを注視しないと——そう心に誓う私だった。

第四章　シルフィが知らないアイザックの気持ち、マイカの気持ち

「どうしてこうなるの⁉」

授業が終わった後、私は旧校舎の廊下を全速力で駆けていた。幸いなことに旧校舎は普段立ち入り禁止なので、誰にもぶつからない。

なにをそんなに急いでいるかというと、ゲーム内の『シルフィの親衛隊がマイカを旧校舎に呼び出して嫌がらせをする。それをシルフィが見つけ、共にマイカを糾弾する』というシナリオが発動したようなのだ。

破滅エンドを回避するには、私がヒロインのマイカに近づきさえしなければいいと思っていたけれど、周りの女子生徒たちが彼女を放っておかなかった。

世界屈指の大商会の令嬢とはいえ、王族でも貴族でもないマイカが、ウォルガーと一緒にいるのを快く思わない一部の女子生徒たちがいる。マイカはその女子生徒たちから、旧校舎に呼び出されたようなのだ。

「人生思いどおりにいかないことは、前世でも重々知っていたけれど。まさかこんな形で巻き込まれるなんて！」

断罪、没落、追放、死亡エンドの四重の苦しみは絶対に嫌。こうなったら、破滅フラグに関

わるシナリオはひとつひとつつぶしていくしかない。

ちょっと走っただけなのに、脇腹に針が刺さったように痛い。転生してからお隣のウォルガーの屋敷まで行くだけでも馬車移動なので、運動不足なのだ。

「たしか、マイカたちがいるのは……」

もつれる足をなんとか動かし、廊下の突きあたりの教室へと向かうと勢いよく扉を開けた。

すると、そこに広がっていたのは、マイカがご令嬢たちから体を壁に押しつけられている光景だった。

ギリギリ間に合ったか……？

私はハラハラしながら、冷静を装うために微笑んだ。

「シルフィ様⁉」

四人は突然現れた私を見て、声をあげる。私がじっと見つめると、ご令嬢たちがたじろぐ。

「私の名を騙《かた》ってマイカを呼び出した人たちがいると耳にしたの。あなたたち、ここでなにをしているのかしら？」

「それは……」

「四大侯爵のグロース家である私の名を騙るなんて、不届き者がすること。あなたたちの家にまで被害が生じてしまいますよ。それに、私はこういう卑怯《ひきょう》なことは望んでいません」

「も、申し訳ありません」

彼女たちは目をぎゅっとつむり、身を縮こまらせながら手をきつく握りしめている。小さくわななく体を見て、私は深い息を吐き出す。

「今回の件は不問にします。次はありませんのでそのつもりで。もう帰りなさい」

三人が深々と頭を下げて足早に立ち去っていく。よかった……これで悪役フラグをひとつ回避。

ほっとひと息ついていると、「シルフィ様」と裏返った声で名前を呼ばれた。

「ありがとうございました。〝また〟助けてもらって」

「また？」

あれ？　私、前にもマイカを助けたことがあったっけ？

まったく身に覚えがないので、首をかしげた。

「あ、あの……シルフィ様！」

マイカは顔を真っ赤にさせると、私の方をじっと見つめた。

「助けていただいたお礼にお茶をご――」

「シルフィ！」

マイカの声を遮るかのように、突然、私の名を呼ぶ声と足音が近づいてくる。弾かれたように扉の方へと顔を向けると、扉が開きアイザックが息を切らして立っていた。

アイザックがどうしてここに⁉

私がぽかんとしていると、アイザックがまっすぐ私のもとへとやってきた。

「さっき、シルフィが血相変えて走っているのを見かけて。だから、なにかあったんじゃないかと急いで追いかけてきたんだよ。大丈夫か？」

「私は大丈夫。もう、解決したわ」

「そうか、ならいい」

アイザックがほっと息を吐き、私の頬に手を伸ばしかける。けれど、ぬっと横から伸びてきた手が、彼の手首を掴んだ。

ゆっくりと顔を向けるとマイカの手!?　今にも舌打ちをしそうな勢いで、アイザックを睨んでいる。

一方アイザックも、掴まれていた手を無理やりほどくと、無言でマイカを見ている。

え、なんで？　見えない火花でも散っていそう……。ふたりは顔見知りのはずだけれど……。

「マイカ、邪魔をするな」

「それはこっちの台詞ですわ。せっかく、念願叶ってシルフィ様をお茶にお誘いするところでしたのに！」

マイカはアイザックを一瞥すると、コホンと軽い咳払いをし、姿勢を正すと真っすぐ私の方へ体を向けた。

「シルフィ様。さきほど助けていただいたお礼に、お茶を――」

「おーい、大丈夫か？」

マイカの言葉を遮るように、廊下から声が届く。あの声はウォルガー？　ややあって、開けっぱなしの扉からウォルガーが入ってきた。

「あれ？　マイカもいたのか」

「今度はウォルガー様ですか!?　なんで二度も邪魔者が入るわけ？　……もしかして、日頃の私の行いが悪いの？」

地団駄を踏むマイカを落ち着かせようと、肩に手をかけた時、外から十五時を告げる鐘が聞こえてきた。

あっ、大変。今日、孤児院を訪問する予定があるから、早く帰らなきゃならなかったんだわ。

ノブレス・オブリージュ。この世界でも身分の高い者にはそれ相応の責務が生じる……という考えがあり、貴族は孤児院に寄付などを行なう。私の家でも定期的に孤児院を訪問し、必要なものを伺い用意することが習わしとなっていた。

「ごめんなさい。今日、お父様と一緒に孤児院を訪問する予定になっているの。だから、そろそろ帰宅しないと」

「えっ、もう行ってしまわれるのですか？」

マイカががっかりした声で、寂しそうな表情を浮かべる。

「ええ、申し訳ないけれど、みんなまたね」

そう言って私は踵を返した。

＊＊＊

「……帰ったか」


俺はシルフィが去っていった扉を名残惜しく見つめていた。

やっと念願叶って、彼女のそばにいられる生活がはじまった。

俺の目はシルフィに釘付けだった。初めて出会った頃からずっと――。


――四年前。お祖母様いわく、俺の精神は壊れる寸前だったらしい。

俺の出身はマルフィと言っているが、実はグランツという別の国だ。

誰かに俺の正体を知られると身に危険が及ぶかもしれないということで、お祖母様に出身地を明かすことを口止めされていたのだ。

待望の跡取りとして、生まれた時から多くの人々の上に立つ人生を背負う運命。

俺が生まれた国は、西大陸の覇者と呼ばれる軍事国家で、父上も剣術と戦術に秀でた希有《けう》な国王だ。そのため、俺も物心ついた頃から、様々な武術の厳しい鍛錬を義務づけられていた。

本来ならば、ある程度の鍛錬を積めば、上達の兆しが見えてくるのだろうが、そのころの俺は体も小さく、全く上達しなかった。父上はいつも苛立ちをあらわにしていた。

ただでさえつらいのに『強くなれ！』と言われ続け、心が消耗する毎日だった。あの頃の俺は、強くなんてなりたくないとさえ思っていた。向上心が湧かないから、余計に鍛錬が嫌になるという負のループ。

毎日、地獄だ——そう思っていつしか俺は、心身共に不安定になっていた。遊ぶことも甘えることも許されずにいれば、心身共に追いつめられていくのは当然のことだろう。

俺の異変に最初気づいたのは、お祖母様だった。だんだん言葉や表情をなくしていく孫を心配し父上やグランツ国から引き離すことを決断したのだ。

お祖母様は俺をミニム王国にいるお祖母様の友人宅へ避難させ、ウォルガーの誕生日パーティーへ連れていってくれた。それが縁でシルフィたちに出会った。

——あの時、シルフィが天使に見えたんだよな。

知らない子たちの中で、不安げにしていた俺に声をかけてくれた純白のワンピースに淡いピンク色の髪の女の子。優しい笑顔で天使そのものだった。

彼女に恋をし、やがて彼女を守れるくらいに強くなりたいと切望するようになって、心の底から力が欲しいと願った。

あんなに嫌いだった鍛錬と向き合い、心と身体を鍛え上げた。そして父上に認められ、今回の留学が叶った。

すべてはシルフィたちとの再会のため――。

「はぁ……今日こそシルフィ様をお茶に誘えると思ったのに……」

盛大なため息が聞こえたせいで、思考の世界から現実に引き戻された。視線を移すとマイカが、頬に手をあてて、憂いている。

――それにしても、マイカが留学しているとは予想外だったな。

「あーあ。私はいつになったら、シルフィ様とお近づきになれるのかしら？」

マイカはシルフィが出ていった教室の扉を見つめ、わかりやすく肩を落とす。まるでこの世の終わりのような空気をまとっているが、気持ちがわからないでもない。

しかし、接点などなさそうなのに、マイカがこんなにシルフィのことを慕っているとは。

「今回はタイミングが悪かっただけだ。シルフィとお茶なんていつでもできるさ」

マイカの肩をポンと叩き励ましたつもりが、マイカには届かなかったらしい。

「いつでもですって？……なんて妬ましい。私は一度もないのに」

「なんでそうなるんだよ⁉　ただ慰めただけだろ」

「あなたは婚約者だからいつでもシルフィ様とお茶ができるのよ。慰めるふりをして、優越感に浸っているんだわ」

「ほんとシルフィのことになるとマイカは絡み方が面倒くさい！　入学式の時に俺にかけた第

一声を覚えているか？　『シルフィ様の情報があれば高値で買います』だったんだぞ⁉」

ウォルガーは、げんなりしながら言った。

「正気か？と問いたくなるな」

俺はウォルガーの話を聞き、顔が引きつった。

マイカのシルフィに対する気持ちは、情熱的というか、執着に近い気がした。

「そう思うだろ。普通、友達の情報を売るわけがないじゃないか。しかも、『シルフィ様の婚約者であるウォルガー様のそばにいたら、シルフィ様を近くで拝見できそう』だと」

ウォルガーはそう言うと、ため息を吐いた。そのやり取りが細部まで想像できたので、俺はウォルガーに同情を覚える。学園はクラス替えがないから、この先ずっとウォルガーはマイカにまとわりつかれるだろう。

俺は友人の疲労が心配になった。

「あー、うらやましい。シルフィ様の婚約者だなんて。どれくらいお金を積んだんですか？」

「金じゃない！　陛下だ。陛下が決めたんだよ。婚約者といっても俺もシルフィも家族同然。お互いに恋愛感情がない」

ウォルガーは俺の方をちらちらと見ながら言う。

きっと気を使ってくれているのだろうな。

二年くらい前だっただろうか。

その頃俺はシルフィもウォルガーも大切なので、ウォルガーがシルフィのことを本当に好きなのならば、正々堂々と戦いたいと思っていた。

そのため、俺はウォルガーに手紙を出した。本当はマルフィ出身ではないこと、そしてシルフィのことが好きだということを手紙で伝えたのだ。

すると、彼からは、【シルフィに関しては家族同然で大切に思っているから、恋愛感情はない。だから、君を応援している】という返事が届いた。

「あぁ、シルフィ様とお近づきになりたい。いくら積めばお茶ができるのかしら。お金ならありあまるほど稼いでいるから、いくらでも払えるわよ」

「おい、追いつめられて台詞が拝金主義になっているぞ」

ウォルガーはマイカから少し距離を置きながら、引きつった顔をして言う。

「そもそもマイカはどうしてシルフィが好きなんだ？　接点はないだろ」

「私とシルフィ様は以前より、この栞で結ばれているんですわ」

そう言ってマイカは制服のポケットからハンカチを開き、大切そうに一枚の栞を取り出した。

「押し花の栞……？」

俺はシルフィと栞が結びつかず首をかしげるが、マイカはうっとりした瞳で栞を見つめている。

金儲けのことしか興味がないはずのマイカがこんな表情をするなんて、信じられない。

「私とシルフィ様、ふたりの秘密ですわ。私たちは三年前からつながっております」

「あぁ、もしかしてシルフィになにか修繕をお願いしたのか」

「なぜ、知っているのですかっ⁉」

　マイカが驚いて、ウォルガーを睨みつける。

「また婚約者特権ですの？」

「特権って……。前にシルフィから直接聞いたんだよ」

「そうでしょうね。シルフィ様は修繕のことを秘密にしているはずですから。私の幸運の手袋を修理してもらう時、直してくださる方の名前は秘密。それが条件でしたもの」

「幸運の手袋ってなんだ？」

「私が十歳で初めて高額の絵画をマーケットで掘り出した時に、身につけていた手袋ですわ。使いすぎて穴があいたんです。穴はかわいらしいハートの模様で塞がれました。私は、直してくださった方が気になり、その代金をダイヤで支払いましたわ。宝石だと行先を調べやすいんです。その宝石が換金されたら、そこを調べればいい――」

「マイカ。くれぐれも修繕の件は黙っていろよ。シルフィが裁縫をしていたのが周りにバレたら家の汚名だ。知らないかもしれないが、この国では高貴な身分の女性は労働が禁止なんだよ。裁縫は労働に含まれるんだ」

　ウォルガーは険しい顔で、マイカを探るようにじっと見た。大切な幼なじみの秘密が世間に露呈して立場が危うくなるのはなんとしてもさけなければならない。

するると、マイカは胸を張って口を開いた。

「当然ですわ。私がシルフィ様の秘密をしゃべるわけがありません。シルフィ様は私にとって憧れの人。尊ぶ天使様ですから。それに真実を知るのに苦労しましたし」

まさか、マイカとシルフィとの間にそんな接点があったなんて。

「宝石を換金しにきた人をたどると、すぐにグロース侯爵の使用人につながったのですが、そこからは難航しました。そこで、ある日グロース侯爵邸に調査目的で近づくと、私と同じ年代の子供の笑い声が聞こえてきたんです。なんとなく笑い声が気になり、生垣をガッと手で開けて中を覗いたら、編み物をしている天使様が見えました」

「人の屋敷の生垣に穴をあけるなよ……」

俺は呆れてそう言う。

「ちゃんと生垣の修復代金は置いてきました。それより、アイザック様はシルフィ様と出会ってどれくらいの期間ですか？　私は十三歳からなので、もう三年ですわ。私よりも長いのですか？」

「長いな。十二歳の誕生日ちょっと前くらいの頃からの付き合いだから」

マイカに聞かれたことに対して返事をすると、彼女は舌打ちをした。

「私の方が長いと思ったのに……！」

本当にめんどくさいやつだ。

「マイカに言っておくことがある。気づいていると思うが、俺の正体は秘密だ。学園内では、学園長しか知らない。だからお前も黙っていてくれ」

「貴方様の命令なら拒否権がありませんわ。その代わり、シルフィ様と出会ったきっかけなどを教えていただきます。幸い、今日の予定はありませんので。さぁ、お茶でもしながら話をしましょう！」

ガシッとマイカに腕を掴まれ、俺は頭をかかえたくなった。シルフィのことを根掘り葉掘り聞かれるだけならまだしも、絶対に『妬ましい』とか言われるのが目に見えているから。

仕方がない。口止め料というわけではないが、今回は話に付き合うか。

俺は覚悟を決めてマイカとお茶をすることにした。

＊　＊　＊

私、エクレール・ラバーチェは、屋敷のサロンにて優雅なお茶の時間を楽しんでいた。

サロンからは、我がラバーチェ伯爵邸自慢の歴代当主が愛した庭園が望める。

鼻孔をくすぐる紅茶の深い香りが心身共にリラックスさせてくれる。

そんな中、突然乱暴にサロンの扉が開いた。

「――実に目障りだ。あの一族め！」

大きな怒鳴り声が響き渡ったかと思うと、こちらにやって来たお父様がテーブル越しにどさっという音を立てたので、私は思わず眉をひそめた。

腕を組み、貧乏揺すりのように右足のかかとで床を何度も蹴るような仕草をしている。

私はお父様が不機嫌になっている理由がわかるため、さして気にすることもなく、お茶とお菓子を堪能する。

議会に参加していたから、苦虫を噛みつぶしたような顔をしているのだろう。議会や夜会に赴くたびに、お父様の機嫌が悪くなるのには慣れている。

理由は至極簡単。グロース侯爵及び、グロース一族が原因だ。グロース一家は、私たちラバーチェ家に代わって三代前から四大侯爵になった。四大侯爵は、国王陛下の右腕として働くことで名声を得ている。所持する権利の数も権力の強さも、貴族と比べて群を抜いている。四大侯爵しか立ち入ることができない場所があったり、議会でも陛下のそばに席があったりと、特別扱いされる地位にあるのだ。

もともとは私たち一族の地位と権利だというのに、我がもの顔で権利を使っているなんて。

「エクレール。グロース家の娘、シルフィと学校が同じだったな」

「それがなにか？」

世界で一番嫌いな女の名が出たため、私は思わずティーカップを強くソーサー置いた。硬質な物同士がぶつかる耳障りな音が響く。

シルフィ・グロース。あの女の名を聞いただけで私の感情が波打つ。口内に残っていた蜂蜜たっぷりの紅茶の甘い余韻が、急に苦々しいものに感じられた。

あの女は学園内で『天使』と呼ばれ、男女問わずみんなから慕われている。

なにが天使だ。成り上がり一家のくせに。ゴールドの校章を見るだけで虫唾《むしず》が走る。

「学校ではどうだ？」

「相変わらず目障りですわ。私の視界から消えてほしいです」

「退学にしてやればいい」

「考えましたわ。いじめ倒して学校に来られなくしようと。ですが、男がべったりとシルフィのそばに張りついていて邪魔なのなんのって」

私は綺麗に整えられた親指の爪を噛む。

入学式で出会ったあの男。校章の色はブロンズだった。男は、私の邪魔をしただけではなく、シルフィを傷つける者は何人たりとも許さないとでも言うような冷酷な怒りを私に向けてきた。

シルフィと同じクラスらしく、姫を守る騎士のごとく一緒にいるため近づけない。

「アエトニア侯爵の嫡男か」

「いえ、ウォルガー様ではありません。アイザックという男です。なんでも、マルフィからの留学生だとか。入学早々邪魔されてしまいましたわ」

「マルフィ？　西大陸からの留学生も来ているのか。しかし、マルフィ程度の国ではな。西大陸の覇者グランツ国からの留学生が来てくれればいいのだが。そうすればお前を嫁がせられる」

「まぁ、私の美しさと教養をもってすれば可能でしょうね。でも、グランツのような大国の貴族や王族はこの国に留学するわけがありませんわ。そういえば、お父様。グランツの王太子殿下とはどのような方なのですか？　どんな噂《うわさ》も聞きませんが」

「あらゆる縁談を断っているらしい」

「あら？　見た目に自信がないのかしら。権力と資産があるなら、私がお付き合いを考えてもよろしいのに」

「わからん。私もお会いしたことはない。そもそもミニム王国自体がグランツ国とはあまり付き合いがない。ミニム……北大陸は昔から南大陸との交易の方が盛んだからな。十大商会のサイファ商会、レット商会、ツェル商会が北大陸と南大陸を牛耳っておる」

「十大商会といえば、オルニス商会の娘のマイカが入学してきていましたわ。なんでも美術部門の一部などをこちらに移したそうです」

「ほう。それは有意義な情報だな。西大陸全土の経済を支配していると言っても過言ではないオルニス商会がミニム王国へ来たのか。ぜひ、友達になりなさい」

私は友達というフレーズを聞き、思わず眉間にしわが寄る。たしかに交友を結んでおいて損はない。しかも、マイカは美術部門の最高責任者。美術に関する知識やたぐいまれなる鑑定眼を持ち、世界でも五本の指に入るほどの実力と資産を誇っている。

入学当初、友達になってあげる代わりに見返りとして貢がせてやってもいいと思い、マイカへ声をかけたところ、『結構です』と一刀両断された。

私がわざわざ声をかけてあげたのに、断るなんてなに様のつもりなのだろうか。

「マイカはシルフィ派のようです。よくシルフィのことを物陰から見ておりますので。お友達なんてこちらから遠慮しますわ」

「またグロース家の者か！　腹立たしいことこの上ない」

「お父様。陛下に四大侯爵に戻してもらうようにお願いしてみては？」

「何度も直訴したさ。だが、当時の当主が行なった不正について問われると、こちらも物が言えぬ。墓場まで持っていく覚悟でいればいいものを。そのせいで子孫である我々がこのように肩身の狭い思いをするはめになったのだから、なんとも恨めしい」

「本当にそうですわ。なんて愚かな」

我がラバーチェ家では歴代当主の肖像画を飾っているが、汚名を着せられた三代前の当主の肖像画は焼却処分された。

「なにかいい方法はないだろうか。グロース家を破滅に導く方法は」

「領地経営に関してグロース家は、うちと違ってクリーンですものね。領地アッシャードのリネン事業も順風満帆。つつくところがないですわ」

「リネンなんてどこにでもあるんだがな」

「アッシャードのリネンは高級寝具ブランドでシェア率が高いです。リネンを寝具にするのは王族と貴族の間で昔からの習わしですし。別の寝具ブランドのリネンが流行すればまた話が……あっ、そうですわ！」

私は勢いよく立ち上がった。脳裏にひらめいた案に自画自賛したくなる。

「ふふっ」

心の底からの笑いがこみ上げてくる。

見てなさい、シルフィ。私の場所を返してもらうわ。

急に笑いだした私を、お父様が訝《いぶか》しげな顔で見ていた。

「お父様。私に考えがありますの。正攻法でグロース家の領地経営を窮地に追い込みますわ――」

第五章　悪役令嬢たちのメイドカフェ始めました

グロース家の朝。

――今日もだわ。

私はリビングの扉を開けると、視界に入ってきた様子を見て立ち止まった。

部屋の一番奥には大きく切り抜かれた窓枠があり、庭から差し込む日の光が白壁にあたり部屋をより明るくしてくれている。その室内には、難しい顔をしたお父様とお兄様の姿があった。

ふたりとも中央に配置されているソファに座り、テーブルの上に置かれている書類を見ながらなにか相談している。私が入ってきたことに気づくこともなく、真剣な眼差《まなざ》しで話し合いをしている。

最近、お父様とお兄様の様子がおかしかった。もしかして、家に関してなにかトラブルでも起きているのだろうか。私で力になれることがあるならば、お手伝いしたい。ぐっと手のひらを握りしめると、ひと呼吸置いて声をかけた。

「お父様。お兄様」

ふたりは私の声に弾かれたようにこちらを見ると、「シルフィ」と優しく名を呼びながら微笑む。けれど笑みはこわばっていて、私はますます心配になってしまう。

「なにがあったのですか？」

お父様はお兄様と顔を見合わせ、しばし思案した後、ゆっくりと口を開いた。

「ああ。実はアッシャードで少し問題が起きてね。特産品のひとつであるリネン事業が危機的状況に陥っているんだ」

リネンとは亜麻を原料とした繊維のこと。日本では幅広く使われるリネンだけれど、こちらの世界では寝具用がメインだ。調べてみると、今から五百年前に大陸全土を支配しようとしたリグレッドの皇帝が、リネンを寝具として愛用したのが始まりだそうだ。

リグレッドは当時、四つの大陸のうち三つを制覇しており、各国の王たちがそれにあやかろうと、こぞって寝具をリネンへと変更し、やがて「リネン＝寝具の図式」ができたという。

リグレッド自体は今から三百年前に滅んだが、いまだにその名残は色濃く残っていて、とくにアッシャード製のリネンは高品質で人気が高い。アッシャードでは人口の六割がリネン草の農家や工場関係者だ。

「それは困りましたね。農家や工場関係者の生活に支障が及びますね。今年、リネン草が不作だったという話は聞いたことがありませんので、工場でなにかあったのですか？」

アッシャードには大きな工場地帯があり、敷地内には製糸工場やリネンの加工工房などの建物が立ち並んでいる。

「これを見てくれ」

お兄様が差し出したのは、工場の取引業者リストだった。

「これって……！」

私が思わず感情的に叫んで立ち上がる。勢いで手から滑り落ちたリストが床に散らばった。

リストの三分の一が受注停止状態……。つまり、生産量が今までの三分の二に減少したということだ。たしかにこれは領地の危機的状況だ。

「なぜ急に？」

「グラジ商会というところが、わが国と同等の高品質のリネン生地をタダ同然で卸しているようだ。調査の結果、裏でラバーチェ家が手を引いていることが判明した」

「ラバーチェ家!?　エクレール様の？」

お兄様の説明を聞き、私は頭痛がした。いくらグロース家が憎いとはいえ、リネン事業にまで手を出すとは……。

「ラバーチェ家に抗議をしたいが、今はリネン事業の立て直しが最優先だ。早急に策を練らなければ」

お父様が沈痛な表情を浮かべ頭をかかえたので、私は胸が痛くなった。私に何かできることはないだろうか。

――前から思っていたけれど、そもそもリネンを寝具だけに使っているのはもったいない。

リネンは通気性に優れ、さわり心地もよい。蒸れを防ぐから夏でも快適で、日本では夏にリネンのワンピースをよく着ていたものだ。

「……ん？　ワンピース？」

そうだ、寝具にこだわらずとも、衣服や雑貨などいろいろなものに使えるはずだ。ワンピースやブラウスなどを作ればいいのでは？

「お父様、お兄様。リネンで衣服も作ってみませんか？　ただの服ではなく、北大陸では珍しい〝フリルやレース満載のデザイン〟にするんです。リネンの織物は糸の太さによってシャー・リネン、クラッシュ・リネンなどの種類に分けられていて、それぞれの特性を生かして衣服や雑貨が作れますから、バリエーションも豊富ですし」

「ほぅ。それはおもしろいアイデアだな」

お父様が身を乗り出した。

「ブラウスやワンピースのサンプルでしたら、私が作れます」

「まさか、ここでシルフィの裁縫好きが発揮されるとは……。たしかに、その案は素晴らしい！　寝具にこだわっているのは、きっと貴族や王族のみだ。庶民をターゲットにして新規開拓してみたいが……。問題はリネンの衣服が世間に認知されるかどうかだな」

お父様は腕を組み、思案顔だ。

「えぇ。宣伝を兼ねて〝メイドカフェ〟をオープンするのはどうでしょう？　メイドカフェはまったく新しいカフェですから、話題性は十分ですわ。店舗の場所は運河沿いにある商人町付近がよろしいかと。商人たちは新しい情報をチェックしますから、きっと興味を持ってくれますわ」

「シルフィ。そもそも、メイドカフェというのはなんだい？」

「店員がメイドさんの格好をして給仕をするカフェのことですわ。そこでドリンクや軽食を出すだけではなく、アッシャードのリネン製品を直接販売する場を兼ねたものにするのです。店内の一角にリネン製のブラウスやワンピースを展示し、メイドカフェという新しいジャンルで注目を集めて、お客様にリネンを宣伝するんです。まずは着用したい、購入したいと思ってもらえる機会をつくり、需要を生むのが大切ですわ。うまくいけば、口コミで噂が広がり、商会の受注につながるかもしれません」

私の話をお父様とお兄様は真剣な表情で聞き、大きくうなずいた。

「すごいぞ、シルフィ。なんて斬新なアイデアなんだ」

「そ、それは……」

前世の記憶があるからとは言えず、私は曖昧に微笑んだ。

その後、お父様とお兄様はさっそくリネンの新規事業を立ち上げ、メイドカフェの話を進めることになった。

まさか、前世での夢だったカフェ経営の知識と趣味だった裁縫の技術が、こんな形で生かされるなんて！　なんとしても実現させたい。

雫の願いだったカフェ経営を叶えられるのはもちろんうれしいが、シルフィとしては領地の命運を背負っているため、重圧もひしひしと感じる。

がんばって成果を出さなきゃ。私は固く決心した。


授業が終わったある日の放課後。私は中庭にあるガゼボでスケッチブックを膝の上に広げていた。

メイドカフェを経営するにあたり、お店に関することはすべて私に一任されることになった。お店の内装や制服など決めなければならないことが山積みだ。頭に浮かんだイメージをスケッチブックに次々に書き出していく。

「まず、カフェのコンセプトを決めなきゃ。内装や制服はそれからね」

メイドカフェの目的は、リネン製の衣服の宣伝だ。そのため、メイド服も重要だ。日本でよく見かける膝丈が動きやすいかな。さまざまなデザインをスケッチブックに走らせていく。

すると突然、「あら、かわいい！」という女性の声がして、私の心臓が大きく一回跳ねた。

振り返ってさらに驚く。

「ル、ルイーザ様っ！」

そこに立っていたのは、ルイーザ・ハーゼ様だった。

彼女は私と同じゲーム内の悪役令嬢であり、王太子殿下の婚約者。殿下は学園に通っていないので、事実上の学園トップの座に君臨しているのは彼女だ。ご挨拶するため、慌てて立ち上がる。

「驚かせてしまったようでごめんなさい。さっきスケッチブックが見えたんだけど、メイド服にカフェって、まるでメイドカフェみたいね」

「メイドカフェをご存じなのですか？」

「えぇ、知っているわ。前世で兄と行ったの。ねぇ、シルフィ様。ちょっと伺ってもよろしいかしら？　あなた、メイドカフェを知っているってことは、もしかして転生者？」

「えっ……!?」

衝撃的な台詞に驚く。まさか想像もしていなかった。だけど考えてみれば、私と同じように転生した人がいても不思議ではない。

「その反応は、当たりのようね。ここが『ありあまる大金の力で恋愛攻略』っていう、ぶっ飛んだ乙女ゲームの世界というのは把握しているかしら？」

「はい。プレイしていましたので」

「そう、よかったわ。ねぇ、シルフィ様。お互い敬語はやめない？　私のことはルイーザと呼んで。私もシルフィって呼ぶから」

「えぇ、わかったわ。これからはルイーザって呼ぶわ」

「ありがとう。家でも学校でも気を張る生活が苦痛なのよね。私、前世でも庶民だったし。それにしても、私たちどうして悪役令嬢に転生したのかしら？　もしヒロインが王太子殿下ルートに入っちゃったら、私は全国民の前でギロチンコースよ。冗談じゃないわ。ギロチンって即死じゃなくて〝しばらく意識ある説〟があるのに。嫌よ、殺すならひと思いにしてほしいわ」

その気持ち、わかりすぎるほどわかる……。私も破滅フラグを折りたい。ルイーザとはいろいろ分かち合えそうだ。

「でも、王太子殿下は学園に入学していないから大丈夫じゃないかな。そもそもどうして殿下は入学していないの？　シナリオどおりじゃないってことよね？」

「そうなの。殿下は執務の都合上って言っていたけれど、私はちがうんじゃないかと思ってる。いまいち本心が掴めないのよ、あの方」

ルイーザは頬に手をあてると、ため息を吐き出した。

やはりシナリオが完全に狂っている。どうやってフラグを回避をするればいいのやら……。

「ねぇ、それよりスケッチブックに書いてあるメイド服とカフェの内装らしきイラストはなに？」

「実は――」

私は自分の領地の危機とその対策案を説明した。代々、ラバーチェ一家に目の敵にされていること、今回の嫌がらせのこと。それから、打開策としてメイドカフェを経営し、リネン製の衣服を広めようとしていることを。

ルイーザは真剣な眼差しで、時折うなずきながら静かに聞いてくれていた。

「〝エクレール の方が十分悪役令嬢〟じゃない！　私が忠告しようか？　一応、公爵令嬢だし、王太子殿下の婚約者だし」

「ううん、きっと認めないと思う。それに、今はなんとしてもメイドカフェを成功させたいの」

「たしかに一理あるわね。ちなみに、カフェの従業員は決まっているの？」

「私以外はまだ。求人募集をかけようかなと思っているんだけど」

「それなら紹介できるわ。調理師の資格を持っていて、実家が洋食店の人を」

「本当？　紹介してもらえるとうれしい」

調理の経験者なら大歓迎だ。と、ルイーザが両手で私の手を掴んだ。

「その人物って実は私なの。前世で調理師だったんだ。そして実家が洋食店。五年間の修行を終えて実家を手伝うために戻ろうとしたら、病気で……。あー、なんで貴族令嬢になんて転生しちゃったんだろう。料理が大好きなのに、包丁を握ることすら許されないだなんてストレスたが溜まりまくりの日々よ！」

そう早口でまくし立てるルイーザ。好きなことを我慢するつらさは私にもよくわかる。私にとってそれは裁縫だ。

「私としては問題ありません。ですが、公爵家が……」

「それはこっちでなんとかするわ。もちろん、バレたら私が責任を負う。だから、お願い。私に居場所をちょうだい。このままだと息が詰まっちゃう」

メイドカフェが彼女の居場所になるなら、喜んでその場を提供したい。

「では、お願いしてもいいかな？」

「えっ、本当⁉」

「もちろん。よろしくお願いします」

私の言葉を聞いた途端、ルイーザは顔を輝かせて私に抱きついた。まるで子供のようにはしゃぐ彼女は、いつもの凛とした姿とのギャップがかわいい。

こうしてルイーザが仲間になり、メイドカフェの計画がスタートした。


衣装や内装など準備に準備を重ね、いよいよ本日、メイドカフェ『黒猫伯爵の部屋』がオープンする。

チラシを配ったり、商店の店先にポスターを貼らせてもらったり、事前に宣伝はしたけれど、ちょっと緊張する。今までなかった形態のお店に、はたしてお客さんは来てくれるのだろうか？

「……胃がキリキリしてきた」

私はゆっくりと息を吐き出しながら、店内を見回す。コンセプトは〝貴族の部屋〟。ルイーザといろいろ案を出し合って、貴族の気分が味わえるようにしようと決めた。

天井にはティアドロップシャンデリアを設置し、壁の色はワインレッドで落ち着いた雰囲気にした。壁の模様は、黒猫とティーカップを組み合わせたメイドカフェオリジナル紋章だ。テーブルやソファは最高級品を使用し、壁の絵画も名画を揃えた。

――商人町に近いから、商会の人たちがたくさん来てくれますように。

私はそう願いながら、店舗の一番目立つ場所にある展示スペースに足を進めた。メイドカフェがメインではなく、あくまでもアピールしたいのはリネン製品だ。

壁の全面棚にはリネングッズをディスプレイし、リネンのブラウスやワンピースなどを着せたトルソーも配置。店内のクッションなどの小物にも、ネンを使用した。

「シルフィ。そろそろ時間よー」

展示品を見ているとバックヤードへ通じる扉から、爽やかな声と共に灰色のショートカットの少女が現れた。

サイドの髪は耳たぶがわずかに出るくらいまでの長さに切りそろえ、前髪は斜めに流している。男装の麗人のように美しさとかっこよさを兼ね備えた彼女は、意思の強さを感じる力強いミルクティー色の瞳で私を捉えると、蠱惑的《こわくてき》に微笑んだ。

同性でもドキッとするくらいの色香を持つ彼女の正体はルイーザだ。

「ルイーザのその変装、まだ慣れないわ。学園の生徒がお客さんとして訪れてもまったく気づかないと思う」

「私、メイクが得意なの」

「私にもしてほしいなあ」

「シルフィはそのままでいいよ。ふんわりかわいい天使系。私はクール系のキャラ設定だからバランスいいし。メイド服もキャラ設定どおりに作ってもらったしね。すごく着やすいよ、このメイド服。服を作れるなんてすごいよ」

ルイーザは体の向きをくるくる変えながらメイド服を眺めている。

彼女が着用しているのは、スタンドカラータイプのブラウスに、胸下で切り替えがある黒のジャンパースカート。それに合わせてニーハイソックスも靴も黒でそろえた。

「シルフィのメイド服姿も、とてもかわいいわ。心配になるくらいに」

じっと見つめられて、気恥ずかしくなってうつむいた。

私が着ているのは、レースとフリルを組み合わせた二重襟のブラウスに、レースのパニエでふんわり膨らませた水色のジャンパースカート。それに純白のフリルエプロンをつけている。

ルイーザと共に、私も変装中だ。ウィッグは薄いラベンダー色のツインテールタイプで、毛先が緩やかにカールしている。

「そろそろ開けようか？　オープンの時間だし」

「ええ」

お客さんが来てくれることを願いながら、扉を開けると、店の前には数人のお客さんが待っ

てくれていた。私はほっと胸をなで下ろす。

「チラシのとおり、本当にメイドさんだわ！」

「すごくかわいい。お人形さんみたいー」

うれしい言葉を聞きながら、私たちは微笑みあって口を開いた。

「おかえりなさいませ、お嬢様。ご主人様」


開店から一時間後。お客さんは時間が経つにつれて増え、ほぼ満席の状態になった。

オープン初日からこんなに繁盛するとは思っていなかったので、私たちはうれしい悲鳴をあげている。

メイドカフェというコンセプトで来てくれたお客さんも多いけれど、意外なことに料理を楽しみにしてきてくれた人もいた。

「おいしいーっ！　大人のお子様ランチってなんだろうってチラシを見て思ってたけど、注文してよかったわ。主食からサラダ、デザートまで全部いっぺんに食べられるなんて今までなかったもの」

「おにぎりセットもおいしいわ。お米を三角形に握ったものって聞いたけれど、こんな食べ方があるのね。豚汁っていうスープもおいしいし、葡萄《ぶどう》でつけた野菜のお漬物もほどよい甘さでおいしい」

私はテーブル上の空いた食器を片づけつつ、満面の笑みで食事を楽しんでいるお客さんたちから聞こえてくる嬉々《きき》とした声に胸をなで下ろしていた。

メニュー作りはすごく悩んだ。こっちの世界の料理を作るか、自分たちの得意とする前世の料理を作るかで。

そもそも日本食を作るにあたり、材料が……と思ったが、運河沿いの輸入品を扱う店には、意外なことに味噌《みそ》などの代用品があった。

ミニム王国は運河貿易が盛んで、他国の物が手に入りやすいのが幸運だった。

――人気なのは『大人のお子様ランチ』と『おにぎりセット』かな。後で傾向を分析しておかなきゃ。

大人のお子様ランチは、前世でカフェ経営する時に提供する予定だったメニュー。お得感があるから、こっちの世界でもウケがいいかようだ。お漬物付きのおにぎりと豚汁セットも人気だ。お漬物はこっちの世界で食べやすいように日本のとある地域でよく食べられている葡萄を使ったほんのりと甘い漬物にしてみた。

「メイドさん」

「はい」

テーブル席を片づけていると声をかけられ、顔を上げる。すぐ隣のテーブル席に座っていた二十代くらいの女性が軽く手を上げていた。向かい側には彼女と同年代の男性が座っている。

「ご注文はお決まりですか？」

「注文ではなくちょっと伺いたいのですが、あそこに飾ってあるワンピースって、販売しているんですか？　この辺りでは見ないデザインだったので気になって」

女性の視線の先では、二、三人のお客さんがワンピースやブラウスを見ている。

「はい。注文を承っています。よろしかったら、直接触れてご覧になってください」

「触ってもいいんですか？」

「もちろんでございます。リネン一〇〇パーセントのものと綿混のものでは、肌触りも違いますし。リネン地ですので、夏に着るとさらっとして気持ちがいいですよ」

「ありがとうございます。見てきますね」

女性が男性に断ると立ち上がり、足取り軽くワンピースのもとへ一直線で向かっていった。

男性は不安そうな瞳で彼女の背を追っている。

「どうかなさいましたか？　ご主人様」

「ご、ご主人様……っ！」

男性は両手で顔を覆ったけれど、その手の隙間からうかがえる顔は真っ赤だ。

「すみません。あいつはノリノリでお嬢様を受け入れていますが俺はまだ慣れなくて。俺、庶民代表かってくらいの典型的な庶民なんです。ほんと、すみません」

「大丈夫ですよ」

「あの……あいつが気に入ったレースのワンピースって、おいくらですか？　やっぱりお高いんでしょうか」

私が値段を言うと、彼は目を大きく見開く。

「えっ、その値段でいいんですか？」

「はい、そうでございます」

「ちょっと早い誕生日プレゼントとして、買ってあげられます。注文をお願いしてもいいですか？」

「かしこまりました。ご注文票に記入していただく必要がありますが、サプライズということで、ご予約は後日にあらためましょうか？」

「えぇ、お願いします。後でまた来ますので……あと、すみません。メニューの方なんですがまだ迷っていまして……」

「かしこまりました。では、ご注文がお決まりになりましたら、またお呼びくださいね」

私は会釈して、再び食器を片づけるためにテーブルに向かった。

少しずつだけれど、ブラウスやワンピースに興味を持ってくれている人たちが増えているのはうれしい。

でも、商売として成り立たなければ意味がない。商会の人たちにも広めて、新規に契約してもらわなきゃ。私は心の中で活を入れると食器を厨房《ちゅうぼう》へと運んだ。

食器を洗って片づけ再びホールへ戻れば、ちょうどウィンドチャイムがガランガランと鳴った。

入口の方を見ると、扉の前には男性が立っている。

綺麗になでつけられた前髪や身にまとっている衣服、それから手にしている鞄と履いている靴は艶々として手入れが行き届いている。その装いからすると、商会の人なのかもしれない。

けれど、背を丸め、じめじめとした深い森のような空気を醸し出している。

――どうしたんだろう？

「おかえりなさいませ、ご主人様」

そう言ってお客さんを出迎えると、彼はぎょっとした。

「ご、ご主人様⁉」

「お店のコンセプトが貴族の部屋なんです。私たちはメイドでお客さまはこちらの部屋の主という設定なんですよ。ですので、女性はお嬢様、男性はご主人様呼びさせていただいているんです」

「あぁ、なるほど……！　言われてみれば貴族の部屋っぽい。なにか腹に入れられればいいかと思って適当に入ってみたら、おもしろい店だね。店員さんは天使みたいにかわいいし」

「今日、オープンしたばかりのお店なんです。よろしくお願いします」

「よろしく。俺、ジグっていうんだ。職場がこの近くなんだ。いや～、神様に感謝だな。君みたいなかわいい子に会えるなんて……ん？　あの子もメイドなのかい？」

　ジグさんは接客中のルイーザの方を見ながら尋ねた。

「はい。彼女もメイドです。では、お席にご案内いたしますね。こちらへどうぞ」

　私が席に案内すると、男性は椅子に座って周りをきょろきょろと見回した。せわしなく瞳を動かして「へー」と時折つぶやいている。

「この店のオーナーって貴族？」

「よくわかりましたね」

「そりゃあ、わかるよ。テーブルも絵画も一級品ばかりだ。うちで取り扱っている品に負けていない。あそこに飾っている絵、うちのお嬢が好きそう」

「娘さんがいらっしゃるんですか？」

「いや、働いている商会のご令嬢のことなんだ。お嬢を連れてきたいけれど、天使みたいにかわいい子がいるって言っちゃったら来ないかもなあ。お嬢の天使は別にいるから」

「天使、ですか？」

「そう、天使。お嬢には慕っている女性がいてね。毎日『天使が尊すぎる』って言っているよ。まぁ、気持ちはわかるけどね」

「お嬢様と天使さんはお友達になれたんですか？」

「高嶺《たかね》の花すぎて声をかけられないらしい。そういうところがお嬢っぽいんだよね」

「声、かけられるといいですね」

「従業員一同、それを願っているよ」

そう言ってジグさんは目尻を下げ、優しく微笑んだ。

第六章　領地問題解決しました

メイドカフェのオープンから一ヶ月後。

私は店内のカウンターで受注票を眺めていた。

今はランチタイムとカフェタイムの合間。ルイーザがまかない料理を作ってくれている間に、私は仕事をしている。

「ブラウスとワンピースは口コミで広がって予約が入っているけれど、個人のお客さんだけかあ。早々に商会との取引が欲しいところだわ」

カフェの経営は順調だけれど、問題は本来の目的であるリネン製品の大口の契約。運河沿いにある商会にアポを取って売り込んだ方が早いのかなぁと考えていると、「シルフィ」と声をかけられた。

声のした方を見ると、厨房へと通じている入り口の前にルイーザが立っている。

「お昼ご飯できたよー。冷めないうちに食べよう」

「うん。ありがとう」

受注票を引き出しにしまいカウンターを離れようとした時、ガランガランとウィンドチャイムが鳴り響く。

あれ？　まだカフェの時間じゃないんだけれど……。

そう思いながら入り口の方を見ると、今や常連となっているジグさんの姿があった。ジグさんの背後には体格のいい筋肉質な男性が立っていて、ジグさんはちらちらとその男性に視線を送っている。

「準備中にもかかわらず、突然押しかけて申し訳ありません。ジグから、こちらでリネン製品を扱っていると聞いたのですが間違いないですか？」

ジグさんは商会に勤めていると言っていたし、リネンのことを尋ねるということは、この男性も商会の人かもしれない。

私はちょっとした期待を抱く。

「えぇ」

「製品を拝見してもよろしいでしょうか？」

「どうぞ、お入りください」

私が中へ入るように促すと、ふたりは室内へ足を踏み入れた。

三人で製品を展示しているコーナーに行くと、男性がブラウスを手に取って肌触りを確認し始めた。その隣では、ジグさんが鞄から万年筆と紙を取り出してメモの準備をしている。

「リネンの産地はどこですか？　質がいいですね」

「アッシャードです」

「なるほど。寝具以外も作れるということですか。このクオリティならいけるな」

ジグさんは男性に向って口を開く。

「俺の査定、上がりますかね？　ここを見つけたのは俺なんですが」

「商機を見失うなって、前にあれほど口を酸っぱくして言ったのに、さっそく見失いかけていたのは誰だ。今までずっと黙っていたじゃないか。たまたま俺がお嬢様とお前の話を聞いて知ったからよかったものを！」

まるで雷が落ちたような声量で怒られたジグさんは、唇を尖らせながら軽く耳を塞いでいる。

「そんなに怒鳴らなくてもいいじゃないですかっ。俺、怒られるならルイーザさんに怒られたい。踏まれたい。このクズがって罵られたい」

「お望みなら罵ってやるぞ？」

「結構です。ルイーザさんにならって話で、ニキ先輩にじゃないですから！」

ジグさんは私の背に隠れるようにして逃げた。

あの……これはいったい……？

ニキ先輩と呼ばれた人を見ると、彼は手のひらを握りしめ口もとにあてるとゴホンと咳払《せきばら》いをする。

そして姿勢を正すと、「少しお時間よろしいですか？」と尋ねてきた。

「はい。どうぞ、こちらに」

視界の端で、ルイーザがお茶を入れてくれているのが見えた。

「ご挨拶が遅れて申し訳ございません。オルニス商会仕入れ部門担当のニキと申します」

「オルニス商会の方だったんですか⁉」

思わず声が裏返ってしまった。まさかここでマイカの家の名が出るなんて！　ジグさんが言っていたお嬢様って、マイカのことだったんだ。

ゲームをプレイしていた身としては、〝オルニス商会＝マイカ〟なので美術部門が真っ先に浮かんだ。

実際のオルニス商会は、美術部門だけではなく金融など多岐にわたり経済活動をしている。そのため、服飾関係の業務に携わっていたとしても不思議ではない。

「単刀直入にお伺いします。展示されているリネンのワンピースやブラウスに関して、ぜひうちと契約を交わしてくれませんか。以前より取引先とリネン製品について話をしていたんです。リネンは寝具をメインで使用されていますが、衣服にも使うべきだと。いかがですか？　ぜひ、うちと組みませんか」

「ありがとうございます。工場長たちの意見も聞いて、前向きに検討させていただきます」

願ってもないチャンスだ。取引にあたってはいろいろ検討しなければならないが、とてもいい波がきていると思う。

「条件などをお話ししたいので、またお伺いさせていただきます」

「はい。では、またご連絡いたしますね」

帰ったらさっそくお父様に話して、それから工場長へ手紙を出そう。

「あの……実は、ブラウスに関してちょっと見ていただきたいものがあるんです。お持ちしてもよろしいでしょうか？」

「えぇ、ぜひ」

私は桜の刺繍が入ったリネンのトートバッグを持ってきた。これも私が作ったものだ。

「これまた素敵ですね！」

「いえ、こちらではなく中身です」

私がテーブルに広げると、「おおっ！」というジグさんの声が響く。

大きなフリルがふんだんに使用されたリネンと綿混合の生地で作られたワンピースだ。スカート部分には刺繍を施し、チュールレースを組み合わせた。袖はレースで、腰には大きなリボンをあしらってある。

「女の子のワンピースです」

お客さんは大人がメインなので子供服はディスプレイしていない。でもリネンは夏でも涼しげなので、子どもサイズも作ってみたのだ。

反応を窺うと、ニキさんがワンピースを手に取り凝視している。

「これはうちの娘のために作られたものですね！」

「あーあ、また始まったニキ先輩の癖」

「とてもかわいい！　シルフィさん、このワンピースを売っていただけませんか？　うちの娘に着せたいんです。娘はグランツで王族のパレードを見て以来、将来の夢がお姫様なんです。俺の中ではすでにお姫様なんですけどね」

「親バカ全開じゃないですか……。俺としては、子供服の扱いも検討すべきだと思います。へたしたらこっちの方が当たるかも」

「そんなに需要ありますか？」

「女の子はお姫様に憧れる時期が必ずありますからねぇ。俺はグランツ出身なんですが、絵本のお姫様はフリル満載ですよ。王族も貴族もフリルやレース使いの絢爛豪華なドレスですしね。こっちは違うみたいですが」

「北はシンプルですから」

ジグさんたちと話をしていると扉をノックする音が聞こえた。今日は珍しく、休憩時間に来客が続く。

私が接客中だったため、ルイーザが代わりに応対してくれた。

訪ねてきてくれたのは、紺色のワンピースにジャケットを羽織った女性だった。髪をひとつにまとめ、手には艶のある鞄を持っている。

「突然申し訳ございません。私、サイファ商会の輸入生地部門を担当している者です。リネンについて是非お話を――」

女性は話の途中で私たちの存在に気づいたらしく、こちらに視線を向けて眉を動かす。

「サイファ商会さん。こんにちは」

「オルニス商会さんもいらっしゃっていたんですね」

ニキさんは立ち上がり笑顔を浮かべると、女性も微笑んだ。

私の気のせいだろうか。双方笑みを浮かべているのに、冷たい火花が飛び散っているように感じるのは。

数ある商会の中でも主に十大商会がこの世界を牛耳っている。オルニス商会もサイファ商会もその十大商会の一つだ。

オルニス商会は西の覇者であるグランツ王国と密接なため、西大陸での経済活動が活発。一方、サイファ商会は、十大商会のレット商会とツェル商会と競いながら、北大陸の経済覇権を握るため精力的に動いていた。

「サイファ商会さんも洋服の契約を？」

「いえ、うちは生地が欲しいんです。ラスティ国にいる顧客から、こちらのブラウスのことを聞いたんですよ。船乗りの家族が着ていたそうです。生地に興味を持った顧客からぜひうちにも回してほしいと頼まれまして」

「そうですか。おたくはもともと生地の卸問屋ですもんね。生地といったらサイファ商会さんというくらいに。さすが飛ぶ鳥を落とす勢いのサイファ商会さんです」

「いえいえ、うちなんてまだまだです。西大陸の黄金の鷲と呼ばれるオルニス商会さんにはかないません。すみませんでした、取引中にお邪魔して」

「いえ、お気になさらずに」

双方お互いを探るように見つめ合っている。

そして女性は私の方を見た。

「お話を聞いていただきたいので、お時間をいただけませんか？　もちろん、ご都合のいい時でかまいませんので……」

「かしこまりました。カフェ時間の営業が終わり次第でいかがですか？」

「ありがとうございます。ではその時間に立ち寄らせていただきます」

深々と頭を下げると女性は店を出た。

十大商会のうちのふたつがリネンに興味を持ってくれるなんて夢みたいだ。

もし、オルニス商会とサイファ商会との契約がまとまれば、工場の経営状態はもとのように順調なものになるだろう。

夕方からのサイファ商会の訪問が待ち遠しい。


とある休日。

私とニキさんは、アッシャードのリネン工場に来ていた。

あれからお父様や工場長と何度も検討を重ね、本日無事にオルニス商会と契約を結ぶことになったのだ。

「遠いところ、わざわざお越しいただきありがとうございます」

「いえいえ。工場や工房も拝見したかったので、いいきっかけをいただきました」

工場長とニキさんが笑顔で握手を交わしていた。窓から見える雲一つない青空も、契約成立を盛大に祝福してくれているようだ。

工場長は、書面にペンを走らせサインをした。

その光景を見ながら、私は安堵感で全身から力が抜けていくのを感じる。

――これで一段落ついたわ。

サイファ商会との契約はすでに済ませてある。領土経営はなんとかもとの状態に戻るだろう。

「これで契約締結しました。いやー、シルフィ様のおかげですよ。シルフィ様が天使のようにかわいらしいので、ジグがマイカお嬢様に『天使がいる店がある』と言ったんですよ。そしたら、お嬢様とジグが喧嘩になりまして……。マイカお嬢様には、天使と呼んでいる憧れの人がいらっしゃるんです。その人以外、〝天使〟は認めないと。ふたりの喧嘩を止めに入って、その時にメイドカフェのことを詳しく聞き、リネンのことを知ったんです」

ニキさんがそう言うと、工場長が私の方を見て微笑んだ。

「本当にシルフィ様のおかげです。皆、シルフィ様には感謝しているんですよ。事業がもとに戻りますし、なにより自分たちが作っているリネン製品がいろいろな人の手に取ってもらえるようになります」

「いえ、私は……なにも……」

工場長やニキさんの言葉を聞き、私は首を横に振った。必死だったし、もともとはグロース家とラバーチェ家の確執が原因なので、私が動くのは当然だったから。それに、私だけじゃなくて、みんなの力が形になった結果だ。

「リネンだけではなく、メイドカフェも人気じゃないですか。料理もとてもうまいのでカフェとしても魅力的ですし。うちは飲食関係の事業展開はしていないのですが、もし事業を拡大させたい時は人を紹介しますよ」

ニキさんはそう言ってくれたけれど、メイドが私とルイーザのふたりだけなので今の店だけで手いっぱいだ。

「とりあえずは今のままかと……」

「そうですか。きっとほかの場所でも人気になると思います。気が変わった場合にはぜひ」

「ありがとうございます」

そろそろ戻らないといけない時間だ。王都まで片道三時間はかかるし、今日はメイドカフェの予約が入っている。一応、ヘルプで人をふたり雇って手伝ってもらってはいるけれど。

「あの……申し訳ないのですが、カフェに戻らねばならないので、私はこれで失礼いたします」

「本当に、ありがとうございました。また店に立ち寄らせていただきますね」

「お待ちしております」

私は微笑むと工場をあとにした。

応接室から出ると、廊下の壁に沿うように工場長秘書のミリィさんが立っていた。祈るように胸の前で手を組みながら、不安げに瞳を揺らしている。

「シルフィ様……」

もしかして、契約のことが心配で待っていたのかもしれない。

私は彼女を安心させるために微笑むと、廊下の奥にある階段ホールの方へ促した。

「契約は無事締結しました。これで以前のように稼働できますよ」

「本当ですか⁉　よかった……」

彼女の頬に滴が伝う。

私だけじゃなくて、工場のみんなも不安でいっぱいだったんだ。

私は鞄からハンカチを取り出すと、ミリィさんへ差し出す。

「よかったら、使ってください」

「そんな！　シルフィ様のハンカチなんて恐れ多いです」

「気にしないで」

「ありがとうございます」

彼女はハンカチを受け取ると、そっと涙を拭いた。

「私たち、グロース家のせいでつらい思いをさせてしまいました」

「いえ、侯爵様やご一家のせいではありません。それは私たちが全員、心の底から思っていることです。侯爵様は私たちにとてもよくしてくださっていますから……。それにしてもラバーチェ家との問題はどうなりましたか？」

「陛下に間に入っていただき、話し合いをする方向で進んでいます。過去にも何度か話し合いを求めたのですが、決裂しているので心配なんですが……」

「難しいですね。侯爵様とシルフィ様の憂いが晴れるように祈っております」

「ありがとう。私たちのことはなんとかなると思うから心配しないで。今は工場のことを優先しましょう。さぁ、ほかのみんなも不安だと思うので、知らせてあげてくださいね」

「はい！」

ミリィさんは弾んだ声をあげると、心から湧き上がるような笑顔を浮かべた。

＊　＊　＊

「エクレール！　お前がいいアイデアがあると言ったから、グラジ商会に大金を払ってやったんだぞ。それなのにこのざまだ。次の策は考えているんだろうな」

初夏が近づき暑苦しいサロンに、むさ苦しいお父様の怒号が響き渡っていく。

自分ではなにも考えなかったくせに、人のせいにするなんて――。

怒りのあまり、私は手にしているティーカップを床に叩きつけたい衝動に駆られる。

優雅なお茶の時間を台無しにされただけでなく、私が考えた案を一方的に責められた。

買収したグラジ商会から、アッシャードと契約している商会や問屋に対して他国のリネンを破格の値段で取引させた。しかも、一年間の契約で。

タダ同然の値段でアッシャードと同等のクオリティのリネンが手に入るとなると、ほとんどの商会と問屋が食いついたのは言うまでもない。それを売りつければ大きな儲けになるのだから。

工場と長年付き合いがある商会以外は、諸手をあげて案に乗った。その結果、多くの商会や問屋がアッシャードの工場から手を引き、工場の経営は行き詰まった。

そして、学園内でいつも絶望的な顔をしているシルフィがぶざまで笑えた。負け犬すぎて遠ぼえすらできないなんて、かわいそう。

そのままいけば確実に窮地に陥ったはずなのに、なぜかオルニス商会とサイファ商会がしゃしゃり出てきて、私の計画がすべて台無しになったのだ。

十大商会のうちふたつの商会が契約したせいで、結果的にグロース家の事業を拡大させてしまうことになった。

「この先のことを考えるのは、お父様のお仕事なのではないですか。私が最初に出したアイデアは大成功でしたわ。お父様がとどめを刺すことができなかっただけです。まさか、オルニス商会とサイファ商会が契約するなんて。ちゃんと侯爵の行動を見張っていないからでは？」

「なんだと？　私のせいだと言いたいのか」

「えぇ。そうですわ。お父様のせいです」

「む……。だが、今は誰に責任があるかで争っている場合ではない！」

耳障りな声を聞き、ため息をつく。

「あー、もう。つばを飛ばさないでくれます？　私のケーキが台無しですわ。ちょっと、ケーキもお茶も全部下げて。すぐに新しいものを持ってきなさい」

メイドに命令し、立ち上がって窓を開けると、爽やかな風が頬をなでる。

あぁ、でもこの程度の人だからグロース家に対抗できないのよね。ほんと我が父ながら使えないわ。

「次の策を講じなければ！　シルフィ・グロースめ。あの娘がしゃしゃり出てきたせいでおかしくなった」

「……どういうことですの？」

私は片眉を動かしながら問う。

「知らないのか？」

お父様は椅子に座ると、こちらを見ながら目を大きく見開いている。

「我々の計画を阻止する策を考案したのがシルフィだったんだ」

「なんですって？　あの女が……!?」

「お前こそ、シルフィに敗北したことになるな」

私は目を細めるとお父様を睨んだ。

冗談じゃない。私は負けてなんかいないわ。お父様やグラジ商会が失敗したからよ。

こうしてはいられない。なにか次の策を考えなくては。

そして今度は私が直々に指揮を執るわ。

第七章　アイザックたちに正体がバレちゃった⁉

領地であるアッシャードの問題が無事解決し、これで心をわずらわせることがなくなったかと思ったが、今度は私にとってある問題が浮上している。

――と言っても幸せな問題なんだけれど。


「やっぱり、従業員を増やした方がいいかなあ。あとでルイーザに相談してみようかしら？」

メイドカフェは、午後のティータイムを堪能中のお客さんで満席だ。お客さんの楽しそうな賑《にぎ》わいを聞きながら、私はメイドカフェのカウンター内で予約表に書き込みをしていた。ありがたいことにランチタイムはすでに予約でいっぱいだ。

そもそもはアッシャードのリネン製品を広めるためのアンテナショップを兼ねたメイドカフェだったけれど、カフェ単体でも大人気に。そのため、私とルイーザのふたり体制ではかなり厳しく、お昼は完全予約制にしている。

カフェタイムは今のところ予約なしで入店可能だけれど、こちらもさらに混み始めたら予約制に切り替えるしかないのかもしれない。

予約表をしまった時、ちょうど爽やかなウィンドチャイムの音がお客さんの訪れを知らせた。

「おかえりな……え⁉」

出迎えをしようと扉に向かった私は、固まってしまった。

だって、扉の前に立っていたのは、マイカとアイザックだったから――。

ふたりは初めて見る〝メイド〟に驚いたようで、私同様に固まっている。

どうしよう！　変装しているとはいえ、声を聞いてバレた可能性がある。

アイザックは口止めしたら黙っていてくれると思うけれど、マイカはどうだろう？

頭が真っ白になったが、辛うじて平静を保ちつつ、いつもどおりの微笑みを浮かべた。

「おかえりなさいませ、ご主人様。お嬢様」

内心ヒヤヒヤしながらも、明るく元気に出迎える。

「ごっ」

「お、おじょ」

ふたりともぎょっとした表情で、一気に頬を染めて両手で顔を覆った。

「ありがとうございます。ありがとうございます。お金ならいくらでも払います。あり金を全部払っても安いくらいですわ！」

「お前、何言ってるんだ。だけど無理やり連れてこられて来てよかった。こんな幸運な休日があるなんてな」

マイカは祈り始め、アイザックはガッツポーズをして喜んでいる。

えっと……どうしよう……お店を気に入ってくれたのはうれしいけれど……。

「ツインテールもフリルの服も似合っててかわいいな。まるで天使のようだ」

「でしょ？　だから、前から言ってたじゃないですか。天使様だって。かわいい以外の言葉が浮かびませんわ。まさしく、天使降臨。あまり見かけないかわいいメイド服も神々しい」

「ありがとうございます。制服を褒められてうれしいです」

自分で作った服をかわいいと言ってもらえるのは、やっぱりうれしい。

自然と顔が綻ぶのを抑えきれないでいると、「違うよ」と近くのテーブル席のお客さんに声をかけられた。

振り向くと、そこには常連の女性がふたり、こちらを見ていた。

「シルフィちゃん、制服じゃなくてシルフィちゃんのことだよ」

シルフィ……あっ……!!

ふたりに私の正体、バレちゃったかな？

ちらりとアイザックとマイカの様子を探ると、ふたりは確信したらしく、私を見つめて大きくうなずいた。

……あっ、完全に私だってわかったのね。

「この制服はかわいいって評判だけれど、メイドさんも評判なのよね。シルフィちゃんもルイーザちゃんもすごくかわいい。王都一よ」

ルイーザは王太子殿下の婚約者。私が働いている以上の衝撃を受けるのは間違いない。

「あら？　ルイーザちゃんはかわいいというより、イケメン枠だと思うわ。シルフィちゃんがふんわり優しい癒し系メイドさん。ルイーザちゃんはとテキパキとしたクール系メイドさん。バランス取れているのよね。ねぇ、ルイーザちゃん！」

お客さんが窓際で食器を片づけていたルイーザに呼びかけると、アイザックたちが目で追う。

こちらに背を向けていたルイーザが振り返ると、アイザックとマイカは目を見開いた。

そんなことはものともせず、ルイーザはこちらにやって来ると、「はじめまして。お嬢様、ご主人様」と、不敵な笑みを浮かべた。

「美男美女で、とてもお似合いのお嬢様とご主人様ですわ。ねぇ、シルフィ。そう思わない？」

「えぇ、そうね」

私がうなずくと、アイザックとマイカは同時に私の手を取り、激しく首を横に振りながら力説し始めた。

「それは違う！　完全に誤解だ。俺とマイカはそういう間柄ではない。偶然出会って無理やり連れてこられただけなんだ。だけどまさかきみに会えるなんて……」

「そうなんです、シルフィ様。誤解なさらないでください。私とアイザック様はただ同じ国に生まれ、留学先が同じだっただけのこと。むしろ天使様を巡ってのライバルですわ。先日、ジグから天使がいる店の話を聞いたけれど、まさか本物の天使様がいるなんて。アイザック様を連れてこなければ、私ひとりで独占できたのに！」

ふたりでデート中に立ち寄ったと思っていたのだが、そうでもないのだろうか。

……ん？　そういえば、さっきマイカは同じ国に生まれたって言わなかった？　マイカの出身地は、ゲームの設定どおりグランツ国のはず。アイザックはマルフィ出身のはずだけど……。

私が口を開こうとすると、ルイーザの静かな声がそれを制した。

「お嬢様、ご主人様。申し訳ございませんが、当店はお触り禁止です。守っていただけないと、出禁になりますのでお気をつけてくださいね」

〝出禁〟のフレーズを聞くと、ふたりはさっと私から手を離し、コクコクうなずいてルイーザの方を見た。

「申し訳なかった。出禁はやめてくれ」

「すみません。気をつけます。出禁は勘弁してください」

まるでオオカミに睨まれた子ウサギのようだ。

「次から気をつけてくださいね。それから、私やシルフィのことはほかのお客さんのようにシルフィ、ルイーザとお呼びくださいね。様づけなさると私たちが困るので。もちろん、わかっているとは思いますが、私たちの正体はご内密に。では、シルフィ。お嬢様たちのご案内をお願いします」

「えぇ、任せて」

ルイーザは軽く会釈をすると、立ち去った。アイザックとマイカは緊張から解き放たれ、ほっと息を吐いた。

「ではお席にご案内いたしますね。どうぞ、こちらへ」

私は中央付近にあった二人掛けのテーブル席へと案内し、ふたりが椅子に腰掛けると、メニュー表を広げて説明を始める。

「……簡単ですが、以上が当館の説明となっております。なにか不明な点などはありますか？」

「あ、あの！　シルフィ様……ではなく、シルフィさん。お菓子や料理もシルフィさんの手作りですか？」

「はい。私とルイーザのふたりで作っております」

「シルフィさんが給仕をしてくれて、シルフィさんの手作り菓子や料理が食べられてこの値段。えっ、桁が三つ四つ不足してない？」

マイカはメニュー表を凝視しながら真剣に言う。

「たしかに安いな」

アイザックもうなずく。

「て、適正価格だと思いますよ。あと、当店はスタンプカードがございます」

私はエプロンのポケットからカードを取り出すと、ふたりに渡した。

ふたりはスタンプカードを見て、不思議そうな顔をしている。どうやら珍しいようだ。

「来店一回でスタンプを一個押させていただきます。十個たまるごとに、得点があるんですよ。よろしかったら、ぜひ集めてくださいね」

この世界ではスタンプカードという概念はないため、お得感があると大好評だ。この制度の導入をきっかけに、メイドカフェ『黒猫伯爵の部屋』はたちまち話題になった。そして、主な利用客である商人たちの情報網に乗って、店の存在はあっという間に口コミで広がっていったのだ。

「では、メニューがお決まりになりましたら、端にある呼び鈴を鳴らしてお知らせくださいね」

軽く会釈をしてふたりのテーブルから立ち去ろうとしたら、背後から「あっ」というふたりの声が届き振り返った。

「すみません。シルフィさんが行ってしまったので、つい……」

「不覚にも俺もだ。すまない」

なるほど、ふたりともメイドを気に入ってくれたんだ。

「メイドを気に入ってくださってありがとうございます」

「あ、いえ。私はアイザック様とちがって、シルフィさんのメイド姿だから好きなんです！」

「な…！　俺だってメイドなら誰でもいいわけじゃない」

ふたりは火花を散らし始めた。

学園内でこんなふうに打ち解けて話すふたりを見たことがない。それにマイカが私にこんなに饒舌に話してくれるなんて、ちょっと驚いた。

「ほかのお嬢様たちへの給仕もありますので、私一度下がってもよろしいでしょうか？　ご用の時にお呼びいただければ……」

「そうですわよね。申し訳ありませんでした。メニューが決まったらお呼びします」

「すまない、シルフィ。仕事の邪魔をして」

「いいえ、問題ありません。では失礼します」

会釈してカウンターへと向かうと、ルイーザがティーカップを片づけているところだった。

彼女は私を見るとクスクスと笑った。

「シルフィ、大人気ね。まさか、あのふたりが来るなんて、偶然ってすごい」

「びっくりして固まっちゃったわ。ねぇ、マイカは誰かに話したりしないかな？　アイザックは黙っていてくれると思うけれど」

「マイカならきっと大丈夫。出禁になりたくないだろうし。あっ、メニュー決まったみたいよ」

アイザックたちの方を見ると、ふたりは呼び鈴を巡って争っていた。まるで子供みたいだ。

「ねぇ、シルフィ。私が行ってきてもいい？　どんな顔をするのか見てみたい」

ルイーザがいたずらっぽい笑みを浮かべて言う。

「どうぞ」

うちは指名制ではないので、空いているほうが給仕をする。

「あっ、呼び鈴もちょうど鳴ったみたいね。じゃあ、行ってくるわ」

ルイーザはオーダー票を持つと、スキップしそうなくらい軽い足取りで彼らのもとへと向かった。

ふたりは口をぽかんと開けてルイーザを見つめている。

かと思うと、ふたりはカウンターにいる私の方へと視線を向け、ルイーザになにかを言いだした。それに対してルイーザが返事をすると、アイザックたちはテーブルへと力なく伏せた。

そんなふたりを見て、ルイーザがすごく楽しそうに笑っている。

その後、カフェはいつものように混み始めた。私は給仕で手がいっぱいになり、結局アイザックたちが帰るまで、彼らと言葉を交わす余裕もなく動き回っていた。

第八章　メイドカフェに新しい仲間が入りました

アイザックとマイカがメイドカフェに来店した翌日。

とくにふたりからなにか言われることもなく、私はお昼の時間を迎えていた。ランチ後の暖かな昼下がりの中庭は、生徒たちが集まり賑わっている。

私とラルフは、アイザックを挟むようにしてベンチに座っていた。ふたりは女子に大人気なので、周辺にいる女子生徒の黄色い悲鳴が聞こえてくるようだ。とくにアイザック人気が高い。ゲームの世界では、一番人気は王太子殿下だったけれど……。

ふとアイザックを見ると、視線を感じたのか彼も私の方を見ていて視線がぶつかる。すると、アイザックはぱっと頬を染め、ラルフに抱きついた。女子生徒の歓声があがる。

「あー、はいはい。かわいいですね。どうぞ、生のシルフィを堪能してください。五年分の空白を埋めるためにも」

ラルフは肩をすくめながら、アイザックの背を軽く叩く。

「シルフィ。実は僕、ずっと前から聞きたかったことがあるんです。ウォルガーとの婚約は解消しないのですか？」

「解消もなにも、私とウォルガーの婚約は陛下の命よ。グロース家もアエトニア家も関与できないわ」

「ですよね。四大侯爵の結束を強固に結ぶための婚姻ですから。なんとも歯がゆい」

ラルフはため息を吐き出す。

「どうかしたの？」

「いえ、最近どうもウォル……」

ラルフがなにかを口にしようとした時、突如影が差す。

顔を上げると、腰まであるストレートヘアの女子生徒の姿があった。黒縁の丸いフレームの眼鏡をかけ、きりっとした瞳でこちらを見ている。

ラルフの婚約者、マイヤーヌだ。ゲーム内では私やルイーザと同じ悪役令嬢。マイヤーヌは貴族の品格にとても厳しく、民のために貴族は見本になるべきという考えを持っている。そのため、学園内でも目を光らせ、突然持ち物チェックを始めるから他の生徒たちから恐れられている。

とくに私には厳しく、先日はガーベラが描かれたバレッタを注意された。

「シルフィ様」

突然名前を呼ばれ、私はビクッと体を動かしてしまう。今、目立つような物はなにも持っていないはず。今日はそのまま髪を下ろしているから、髪飾りもつけていないし。

「は、はい」

「そのハンカチはいかがなものでしょうか」

「ハンカチですか……？」

私は首をかしげた。膝の上のハンカチはとくに変わったものではない。リネン生地に自分で花やリボンの刺繍を施したものだ。

「ちょっと派手ではないですか？　もっと貴族としての品格を持ってください。四大侯爵家なのですから民の見本になっていただかないと」

「申し訳ありません」

とりあえず謝っておく。急いでハンカチをスカートのポケットへとしまおうとすると、アイザックが「待ってくれ」と手首を掴んだ。

「……？」

「そのハンカチでとがめられる理由はいっさいないよ。校則にも違反していない。趣味嗜好《しこう》を人に押しつけるのは間違っている」

「アイザックの言うとおりです。マイヤーヌ、君は他人に対して少々厳しすぎますよ。シルフィだけではありません。ほかの生徒たちに対してもです。たしかに君が注意する生徒の中には、実際に校則違反をしている生徒もいますが、今回のシルフィのように難癖に近い時もありますよ？　君は自分から敵をつくりすぎている。とくにシルフィにきつくあたるのはなぜですか？」

ラルフの言葉に対してマイヤーヌは顔を真っ赤にさせると、目を細めて私を睨んだ。

「なぜシルフィを睨むんですか？」

「……っ！」

マイヤーヌは唇を噛みしめると、くるっと背を向け足早に立ち去っていく。それを見て、ラルフは盛大なため息を吐き出すと、両手で頭をかかえた。

「申し訳ありません、シルフィ」

「ラルフが謝ることはないよ」

「彼女は一応婚約者ですから。でも彼女の考えていることがわからないんですよね。女性って難しい」

再度ラルフは深いため息を吐き出すと、アイザックが肩を軽く叩きながら励ました。


放課後。私は学園内にある温室でルイーザとお茶会をしていた。

王族の紋章が描かれたステンドグラスが目印のガラス製の温室内には、天井からつるされたベコニアなどの色彩豊かな鉢植えが等間隔に設置され、綺麗なグラデーションの花カーテンをつくり上げている。

その下には王族の紋章が入った大噴水があり、その周辺には絢爛豪華と呼ぶにふさわしい胡蝶蘭やバラなどの主役級の花が咲き誇っている。

所々に王族の紋章が施されていることからわかるように、ここはもともと王族のためにつくり上げられた学園の温室。

時代の移り変わりと共に今では王族だけではなく、王族の婚約者又は公爵、四大侯爵家の者にまで使用範囲が広げられている。

「もったいないよね。温室に入れるのは、学園内で私とルイーザ、ウォルガーの三人しかいないなんて」

メイドカフェに出す試作品である野菜のパウンドケーキを食べながら、私はテーブル越しに座っているルイーザに話しかける。

すると、彼女はフォークを口もとまで運んでいたのを止め、こちらに視線を向けると肩をすくめてみせた。

「金と権力を持っている者が考えそうなことよね。ゲーム内ならば王太子殿下のイベントが起こるんだけれど、あの方は学園に通うより家庭教師を選んだし。そのおかげでこうやって自由に温室を使えているわ。ほら、温室ってゲーム内だと悪役令嬢とヒロインの泥沼イベントが起こるスポットだから……あっ、そうそう！　悪役令嬢で思い出した。お昼にマイヤーヌといざこざがあったって聞いたわ。大丈夫？」

「うん、平気。マイヤーヌにハンカチを注意されたの。まさか、ルイーザの耳にまで入っているなんて」

「ハンカチ？」

原因が予想外だったらしく、ルイーザは裏返った声をあげる。

「注意されるハンカチってどんなのよ？　見せて」

「えぇ」

私はスカートのポケットからハンカチを取り出して見せると、ルイーザはぐっと眉間にしわを寄せる。

ふぅーっと息を吐き、腕を組むと不快感をあらわにした。

「はぁ？　なんでこのハンカチで注意されるわけ？　私が持っているハンカチの方が派手よ。難癖つけすぎで意味がわからないわ。こんなの嫌がらせじゃない。本物の悪役令嬢っぽいから、やっぱりやめるわ」

「なにをやめるの？」

首をかしげながら尋ねると、彼女は言う。

「シルフィ、この間言っていたじゃない。カフェの従業員を増やしたいって」

「えぇ」

「私もシルフィも悪役令嬢。どうせなら、悪役令嬢だけのメイドカフェにしたらおもしろいかなって思ったの」

「悪役令嬢だけかぁ」

「でも、無理そうね。メイドカフェはフリルや甘めの制服だし。少し刺繍がついているハンカチくらいでガタガタ騒ぐようなマイヤーヌには無理だわ。フリルとか大嫌いそう」

「んー。その件なんだけれど、たぶん逆だと思うの。大好きなんじゃないかな。実はちょっと心あたりがあるの」

幼少期はよくマイヤーヌの誕生日パーティーに呼ばれていたのだけれど、ある年、クマのぬいぐるみをプレゼントしたことがある。

渡した時は目を輝かせて頬を緩めぎゅっとクマのぬいぐるみを抱きしめていたから、気に入ってくれてよかったってほっとしていた。でも、すぐに我に返り真顔になると、『こんな子供みたいな物いらないわ』と突き返された。

それ以来、彼女へのプレゼントは本か万年筆などの実用性重視のものを渡している。

私が過去の出来事をルイーザに話すと、彼女はゆっくりとうなずきながら聞いてくれた。

「こじらせ系かも。コンプレックスのせいで自分はかわいい物を愛でるのを我慢しているから、シルフィやほかの女子生徒が自由に持っているのを見てムカつくとか」

「マイヤーヌの家はどちらかといえば、旧来の貴族のしきたり……質素で知的な生活こそ貴族としての品位という教えを受け継いでいる名家なの。それがラルフのお父様の目にとまり、十歳の頃に婚約者に決まったんだ。質素で知的な生活を信条にしている家柄の子は未来の宰相の妻にふさわしいって」

「あー、なるほど。どうりで生真面目を絵に描いた学級委員長タイプなわけか」

「かわいい物が好きなら、マイヤーヌにも我慢しない生活をしてほしいわ……メイドカフェならそれが提供できるもの」

私も裁縫を我慢する生活をしていたことがある。その時は、結構つらかった。

「ねぇ、マイヤーヌに声をかけるだけかけてみましょう。私たちはきっかけを与えるけれど、そこから先に進むか踏みとどまるかは本人が決めればいい。自分の運命は自分で切り開くべき」

「それもありね。明日にでもさっそく声をかけてみましょう」

ルイーザの同意に対して、私は大きくうなずくとティーカップに手を伸ばす。

マイヤーヌの返事が想像できないから、今からどきどきするわ。

ゆっくりと紅茶を飲みながら、私はマイヤーヌがどんな反応をするか気になった。


楽しいお茶会を終え、私たちが帰宅するために廊下を歩いていると、突然「あの女！」という怒鳴り声が聞こえてきたため、ルイーザと顔を見合わせる。

ちょうど廊下の角に差しかかるところなので、曲がった先に声の主はいるみたい。

私たちと同年代くらいの女子の声だったから、生徒だろう。

「なんか、かなりブチギれてるわね」

「なにかあったのかな？」

角を曲がると、少し離れた前方に女子生徒がふたりいた。

ひとりは眉をつり上げながら壁を蹴っているし、もうひとりは手にしている扇子を何度も閉じたり開いたりしている。

「あー、苛々する。性格最悪すぎるでしょうが、あの女。私らが子爵令嬢だからってあんなに上から目線で」

「本当。いくら伯爵令嬢だからって口うるさすぎ。たしかに図書館でおしゃべりしてうるさかったのも悪かったわ。でも、だからって『耳障りな甲高い声で鶏のようにうるさい。読書に集中できないわ。消えて』なんて言う⁉　言い方あるじゃない。消えてってなに様よ。普通に『静かにして』って言えばいいのに」

「どうやってラルフ様に取り入ったのよ？　あの女」

誰のことを言っているのかがわかった。きっと、マイヤーヌのことだ。

彼女たちは立ち止まっている私たちに気づくと動きを一瞬止め、いきなり顔を輝かせながらふたりで抱き合い黄色い悲鳴をあげだす。

ついさっきまでスカートを持ち上げて壁を蹴るほど怒っていたけれど、急に機嫌が戻る原因がどこにあったのだろうか？　上機嫌になるような、なにかいいものでも見えたのだろうか。

なにか見えたのかな？と後方を振り返るが、見あたらない。

「ルイーザ様とシルフィ様だわ！　最悪だったけれど、おふたりのお姿が見られるなんていいタイミング」

「天使様と女神様両方をこんなにも近くで拝見できるなんて！」

ふたりは手を取り合ってはしゃいでいる。

「ねぇ、あなたたち。もしかしてマイヤーヌって図書館にいるのかしら？」

ルイーザが微笑みながら近づき尋ねると、彼女たちは頬を染めて「はい」とか細い声をあげる。

思わず見とれてしまうほどのその微笑み——、女神って呼ばれるのはわかる気がするわ。

「ありがとう。私たち、マイヤーヌのことをちょうど捜していたの。ねぇ、シルフィ」

「えぇ。ありがとう」

「シルフィ様のお役に立てたのでしたら、幸いですわ」

「ありがとう。気をつけて帰ってね」

私はそう言って小さく手を振って足を進めると、隣を歩いているルイーザがクスクスと笑う。

「どうかした？」

「いや、ゲームの世界と違うなぁって。やっぱりここは現実で、私たちは私たちなんだなぁって思ったの。だって、ゲームの中では悪役令嬢だから、あんな反応されないもの。私、現実世界のシルフィの方が断然好きよ。私にメイドカフェという居場所をくれた。感謝しかないわ」

「私の方こそ、感謝しているわ。お店、手伝ってくれてありがとう」

「いいのよ。頼んだのは私だし。それに好きだからね。料理もあの店も」

ふたりで微笑みながら図書館へと向かった。

図書館と書かれたシルバープレートが掲げられた扉を開けて中に足を踏み入れると、広々とした吹き抜けの館内がうかがえる。

正面奥には左右に一カ所ずつ螺旋階段があり、真ん中には貸し出しカウンターが。出入り口付近には閲覧テーブルが複数並べられ、生徒たちが課題や読書にいそしんでいた。

閲覧テーブルの左右を挟むように、数えきれないくらいの膨大な書籍を収納した棚が等間隔に設置されている。

――マイヤーヌ。どこにいらっしゃるのかしら？

辺りをきょろきょろと見回していると、周辺がざわめき始めているのに気づく。

「どうかしたのかな？」

「たぶん、私とシルフィが一緒にいるからよ」

さっきの女子生徒たちの話を思い出す。珍しい組み合わせと言っていたのを。

たしかに私とルイーザが一緒にいるのは珍しいかも。そもそもクラスが違うしお昼はアイザックと食べているから。

「ルイーザ様とシルフィ様だわ！」

「おふたりが一緒って珍しいわね」

「眼福だな」

「俺、図書館に来てよかった」

静かな館内では、あちこちでささやく声もはっきりと聞こえてくる。見られているとどうしても意識をしてしまい、ちょっと恥ずかしくなる。

「さて、目的の人物は……あぁ、見つけたわ」

ルイーザが視線を向けた先を追うと、そこには閲覧席に座っているマイヤーヌの姿があった。静かな眼差しを本へ向けながらページをめくっている。

図書館がとても似合う方だなぁ。

マイヤーヌに近づけば、本に集中しているようで私が隣に来ても気づいていないようだ。

「ごきげんよう、マイヤーヌ。今、お時間よろしいかしら？　ちょっとお話があるの」

凛としたルイーザの声に、マイヤーヌがゆっくりとこちらに顔を向ける。

赤茶色の瞳が私たちを捉えると、不審そうな表情を浮かべて口を開く。

「注目のおふたりがそろって私に声をかける意図とは、なんでしょうか？」

「まぁ、いいじゃない。私たちとお茶をしましょうよ」

「なぜ、私が？」

「もちろん。ご一緒してくださるわよね。だって、私、ルイーザ・ハーゼの誘いなんだもの」

その台詞、ゲーム内でルイーザがヒロインに言っていた気がするんだけれど。

絶対に断れない言い方だったから覚えている。

ルイーザの身分の方が上だから、むげにはできないんだよね。

私がちらっとルイーザを見ると目が合い、彼女は私にウインクをした。

どうやら確信犯らしい。

マイヤーヌは息を吐くと立ち上がり腰を折った。

「承知いたしました。お茶会へのお誘いありがとうございます」

「まぁ！　よかったわ。私、一度あなたとお話がしてみたかったの。さぁ、参りましょう」

「先に外に出ていてくれますか？　おふたり目立つので一緒にいたくないんです」

「えぇ、わかったわ。馬車止めにいるからいらっしゃって。シルフィ、行きましょう」

私はうなずくとマイヤーヌに会釈をして廊下へと出た。


馬車止めでマイヤーヌと合流した私たちは、うちの馬車でメイドカフェへ。

さすがに学園の制服を着て正面から入るのは目立つため、お店の裏手で降ろしてもらう。

なんだか不思議な感じがするわ。

普段はルイーザと私しか使わない裏手の扉前にマイヤーヌがいるのって――。

マイヤーヌは怪訝《けげん》そうな顔をしたまま、辺りを見回して鞄をきつく握りしめ、警戒していた。

「あの……お茶会っておっしゃっていませんでしたか？」

「えぇ。ここでお茶会をするの。さぁ、どうぞ」

ルイーザが扉を開けて中に入るように促すと、マイヤーヌはすがるような瞳を私に向けた。

少し意外だなと感じていると、さらに私の制服の袖を掴んできたのでちょっと驚く。

あまりマイヤーヌにいい印象を持たれていないと思っていたから、まさか頼られるなんて。

「大丈夫です。ここの所有者は私の父ですので」

「そうなの……？」

「えぇ。私も出入りしているカフェなんです。今日はお店がお休みなので」

私は安心してもらえるように微笑むと、マイヤーヌはほっと息を吐き、私の袖から手を離した。

中に入ると真っすぐカフェスペースには行かず、マイヤーヌと共に従業員の更衣室へと向かう。

彼女が本当に〝かわいいものが好き〟なのかを確認するために。

更衣室と書かれた扉をルイーザが開けると、中はゆめかわ系のメルヘンチックな部屋だった。

淡いピンクと白のストライプの壁には、白を基調としたドレッサーとチェストを設置し、部屋の中央にはパステルドットのカバーをかけたソファがある。

ソファにはふかふかの大きなクマのぬいぐるみが座っていた。

メルヘンチックなメイドカフェにするか、それとも正統派のメイドカフェにするかルイーザと共に迷った揚げ句、一度雰囲気を感じたいとまずは更衣室でイメージをチェックしたのだ。

結局、お店の方は、幅広い年齢層に来てもらえるように正統派の方にした。更衣室は、もったいないのでそのままの状態で使用している。

「……か、かわいいわ！」

マイヤーヌは中に入ると辺りを見回す。

まるでオモチャ売り場にでも連れてきてもらった子供のように、キラキラとした瞳を部屋の小物へ向けている。いつものマイヤーヌと違ってちょっと幼く見えてかわいい。

――やっぱりかわいい物が好きだったんだなぁ。楽しそうでよかった。

「マイヤーヌ。よかったら、お洋服も着てみませんか？　メイド服なんですけれど、サンプルで作ったものがあるんです」

「私にメイドの格好をしろというの⁉　私はあなたの家よりも格下。でも、伯爵令嬢よ」

「メイドといっても屋敷にいるメイドとはちょっと違うんです。こんな感じなんですよ」

私はクローゼットからピンクのギンガムチェックのワンピースとブラウスを取り出した。

これは最初のメイド服の試作品。ボツになって、今は別のデザインの制服で定着している。

「……もしかして、私が着たところを見て、似合わないのを笑うつもりなんでしょう？」

「そんなことをするはずがありませんわ。私、お茶とお菓子の用意をしてきますので、もしよかったらその間に試着してみてくださいね。もし嫌だったら、もちろん着なくても大丈夫です」

そう言い残すと、私はルイーザと共に部屋を出た。

部屋を見た時のマイヤーヌを見て、なんとなくだけれど着てくれると思っている。

紅茶と焼き菓子などのお茶の準備を整えると、私たちは再び更衣室へ。

部屋をノックしようと思ったけれど、私は両手が塞がっている状態だったのでルイーザに任せる。すると彼女はノックもなしに、いきなり扉を開けてしまう。

「えっ、ちょっと待って。ノックぐらいしてよ、ルイーザ」

動揺する私の瞳に室内の光景が広がっていけば、そこにはクマのぬいぐるみに抱きついているマイヤーヌの姿が。

メイド服姿で今まで見たことがないくらい優しい表情を浮かべながら、ぬいぐるみに頬ずりをしていた。どうやら、私たちに気がついていないみたいだ。

あー、わかる。わかる。あのくらい大きいと抱きしめたくなるのよね。ルイーザは休憩時間に枕代わりにしているけれど。

「へー、いいじゃない。その格好、なかなか似合っているわよ」

腰に手をあてたルイーザが言うと、マイヤーヌは我に返り、ぬいぐるみから身を離した。

「笑いたければ笑いなさいよ。どうせこの服も似合わないわ。あなたたちが着ろと言ったから無理して着ただけ。爵位はあなたたちの方が上だから」

「別に笑っていないわ。それに強制もしていないし。ひねくれているわね。いいじゃない。好きなら好きで。我慢してチャンス逃したら、死んだ時に後悔するわよ。やりたかったことをやれなかったって」

「……ルイーザ」

死んだ時に後悔する――その言葉を聞き、前世の記憶が私の頭をよぎった。

私は親友の凛々花に裏切られ、あと少しで手が届きそうだったカフェ経営のチャンスを逃してしまった。自分ではどうすることもできなかったことで、後悔どころの騒ぎではなかった。

でも、マイヤーヌの場合は違う。彼女の気持ちひとつで、チャンスを掴むことができるのだ。

私はマイヤーヌの隣に座ると、彼女の本心を聞くために真っすぐ見つめて尋ねた。

「マイヤーヌ。正直に答えてください。かわいいものはお好きですか？」

「……好きよ。でも、家が許してくれない。それに、あなたみたいにかわいくないから似合わないの」

マイヤーヌはうつむくと、スカートをきつく握りしめた。

「今の自分のままでは向き合うことができないのでしたら、違う自分で向き合ってみませんか？」

「どうやって？」

弾かれたように顔を上げたマイヤーヌと目が合ったので、私は微笑んだ。

「まずメイクで。ルイーザの腕はたしかですわ」

「えっ、呼び捨て……」

「いいのよ。シルフィは。学園では周りの目があるから呼び捨てにしていないだけ。それより、メイクするからドレッサー前の椅子に座って。私、メイクは得意なの。代わりにかわいい髪型はシルフィに担当してもらって。シルフィ、学園にいつもかわいい髪型をしてくるわよね。リクエストあるならしたら？」

「ば、バラの髪型にしてほしい」

空耳だったかなというくらいに小さなマイヤーヌのつぶやきが聞こえ、私は目尻を下げて口もとを緩める。

少しずつ素直になっていってくれてうれしい。メルヘン部屋のおかげだろうか。

その後、私とルイーザが一緒になってマイヤーヌのメイクとヘアを完成させたのは、持ってきたお茶が冷めた頃だった。

「これが私……？」

鏡に映し出されているのは、町ですれ違っても気づかないレベルのメイクだった。

眉を少し太めのアーチ型にして優しげな印象に仕上げ、彼女が苦手だと言っていた目もともブラウンシャドウによりちょっとタレ目に演出されている。口もとはオーバーリップにし、ぷっくりとした唇をつくり上げていた。

髪は緩く巻き上げ、片方だけバラのお団子風に仕上げている。

「マイヤーヌ、いかがですか？　ちょっと眼鏡に違和感があるかもしれないけれど、フレームを変えればまた違う印象になると思います」

「あー、たしかに。さすが、シルフィ」

マイヤーヌはドレッサーに手を伸ばしてそっと鏡に映る自分の姿に触れた。

「やっぱり、私なのね」

「そりゃあ、そうでしょ」

ルイーザが笑った。

「よかったら、メイドカフェで一緒に働きませんか？　かわいい制服も着られますし、この更衣室も自由に使用できます」

「待って。ちょっと混乱しているわ。そもそもメイドカフェ自体がなにか把握できていないわ。働くって労働ってことよね？」

「えぇ、そうですわ」

私はざっくりとメイドカフェの経緯を説明すると、彼女はぐっと眉間にしわを寄せ始めた。

「まさか、エクレール様がそのようなことをしていたなんて。四大侯爵に強いこだわりがあることは把握していました。でも、まさかよその領地にまで手を出すなんて……陛下にはお伝えを？」

「えぇ、お父様からお話をしてもらって、話し合いを設けていただいています。ただ、難航しておりますが」

陛下が仲介に入ってくださって話し合いをしているけれど、なかなか進まない。長い年月をかけて積み重なった呪いのような恨みは、そう簡単には晴れないのだろう。

「んで、マイヤーヌ。やるの？　やらないの？」

「ルイーザ。今ここで決めるのはちょっと……」

少し焦れた様子でルイーザがマイヤーヌに返事を迫ったので、私はそれを制するように割って入ったのだけれど——。

「正直、忙しいのよ。お昼は人が殺到するから完全予約制にしている。カフェ時間は予約制ではないけれど、ふたりで回すには非常に忙しいの。もし、マイヤーヌがやらないっていうのならば、ほかの人に声をかけるわ」

「……料理ができないです」

マイヤーヌは戸惑いながら小声で答える。

「それはいいの。私とシルフィが交代で厨房に入るから。ホール専任でやってほしいのよ。かなりいい条件だと思うわよ。だって、かわいい制服は季節によってチェンジするし、ふかふかなクマのぬいぐるみがある更衣室も使える。かわいいものを我慢してストレスたまりまくりの生活から解放されるチャンスよ」

ルイーザはマイヤーヌに近づくと、ポンと肩に手を添え耳もとでささやく。

「安心して。アリバイ工作なら、私が協力するから。シルフィと私と休日にはお勉強会を開催しているって。王太子殿下の婚約者である私と仲よくして嫌がる家なんてないし、誘いもむげにはできないわ。ねぇ、いい案でしょう？」

なぜだろう。悪魔のささやきに聞こえるのは。

「これは双方に利益がある取引。私たちは労働力を手に入れられる。あなたはかわいいものに囲まれ素の自分になれる場所が手に入る」

「あ、悪魔！」

マイヤーヌも私と同じようにルイーザが悪魔に見えたらしく、詰まりながら言う。

「あら？　どっちかといえば女神だと思うわ。現に学園ではそう呼ばれているし」

ルイーザは口もとを手で覆い、クスクスと笑っている。

それをマイヤーヌは精いっぱいの睨みで威嚇しているけれど、覇気がまったく感じられない。

完全降伏寸前という雰囲気だ。

「マイヤーヌ。お返事は今日中というわけでは――」

「やります」

「え？」

即答されるとは思ってもいなかったので、私は間の抜けた声が出た。

「四大侯爵家のシルフィ様と王太子殿下の婚約者であるルイーザ様に言われたのならば、逆らえるわけがありませんわ。お引き受けします」

「本当ですか？」

「ええ、二言はありません。ただし、学園では今までどおり私にかまわないでください。あくまで仕事のみの関係です。馴《な》れ合うつもりはありませんので」

「わかりました。よろしくお願いします。おつけするのを忘れましたが、仕事中はヘッドドレス着用もできますので」

私がヘッドドレスを手に取ると、マイヤーヌの目が輝く。

マイヤーヌが手を伸ばしてきたので渡すと、食い入るように見つめていた。

「ヘッドドレス……！」

「フリル多めにすることも可能ですが」

「多めで」

「ブラウスとジャンパースカートも当館ではひとりひとり違うタイプになっています。ルイーザは比較的シンプルなもの。私は袖口にリボンやフリルがつけられているもの。メイド服もフリルやレース多めにしますか？」

「多めで」

私は頭の片隅でどんな服を作ろうかなぁと考え始める。

かなり甘めの方が好まれるかも。

「あぁ、そうそう。ねぇ、マイヤーヌ。私たち、お店で念のためにウィッグつけて変装しているんだけれど、あなたもするわよね？　好きな色を指定してくれれば、購入しておくわ」

マイヤーヌは顎に手を添え思案するそぶりを見せると、急に頬を染め始める。やがて、やや間を置くと唇を開いた。

「エメラルドグリーン」

「なんでエメラルドグリーンって言うだけで赤くなるの？　なんか、エロいことでも考えていた？」

「違います！　あなた、本当にルイーザ様ですの？」

「こっちが私よ。いつもは猫かぶっているに決まっているじゃない。ここでは素の自分になれる。あなたもわかるわ」

「……そうだといいですね」

ぽつりと漏らしたマイヤーヌの声を聞き、私はそうなってほしいと願った。


数日後。マイヤーヌの初出勤当日を迎えた。

私はそわそわとした面持ちで更衣室のソファに座っている。

――マイヤーヌ、来てくれるかな？

テーブルの上にはブラウスと水色のジャンパースカート、ヘッドドレスなどの制服がたたんであった。その隣には研修中と書かれた名札も。名札には私が作ったウサギの編みぐるみがついている。

ウィッグやコスメの準備も整っているので、後は本人のみ。

学園では馴れ合わないでと言われているため、馬車に同乗することができない。そのため、
アリバイ工作のために私の家に一度訪問してもらい、そこからうちの馬車で来てくれる段取り
になっていた。

働いてくれることを了承してくれたけれど、実際に顔を見るまでちょっと不安。

悶々《もんもん》としているとノック音が聞こえたので返事をすると、現れたのはマイヤーヌだった。安
堵感から雑念が綺麗に消えていく。

「来てくれてありがとうございます」

「別にシルフィ様のためではありません。私、約束は守ります」

「制服はテーブルに置いています。廊下で待っていますので着替えたら呼んでくださいね。

ウィッグなどの準備をしますので」

「えぇ」

私はそう言うと部屋を出るために扉に向かって足を進めていく。

何気なく振り返って部屋を見ると、視界の端にマイヤーヌが入り込んだけれど、名札を手に
してふわりと微笑んでくれていた。

どうやらウサギの編みぐるみを気に入ってくれたみたい。よかったわ。

弾んだ心で廊下に出ると、ちょうどルイーザがそこにいた。

「茶葉の補充とテーブル拭き終わったわ」

「ありがとう」

「マイヤーヌは？」

「中にいるわ。着替えが終わるまで外で待っていようかなぁと」

「そうね。それがいいと思う」

私とルイーザが談笑しながらしばらく待っていると、「終わりました」という声が扉越しに聞こえてきた。

「さて、じゃあさっそく始めましょうか」

「うん」

ルイーザの言葉に私はうなずくと部屋をノックした。


――て、適応するのが早すぎるんですが。

館内はカフェのお客さんで賑わっており、ホールでは私とマイヤーヌが給仕を行なっている。

今の時間、厨房はルイーザが担当だけれど、客足が落ち着いているのでカウンターの中にいる。私は接客を行ないながら、ちらりとマイヤーヌがいる方へと顔を向けた。

肩につくかつかないかの長さのあるエメラルドグリーンの髪は大きく内側にカールされている。頭には花飾りがあるヘッドドレスが。

彼女が着ている制服も希望どおり。ジャンパースカートの腰もとにはリボンをつけ、ブラウスの襟もとにはフリルとレースを組み合わせている。袖部分は大きく袖口が広がっているフリル仕様。腕部分のサイドには細めのリボンを通してあった。

「お待たせいたしました。本日のケーキセットです」

「ありがとう。見ない顔だけれど、新しいメイドさん？」

「はい。今日からお嬢様たちにお仕えさせていただいております。マイヤーヌと申します」

「制服、すごくかわいいね。とても似合っているよ」

「ありがとうございます」

とても接客が初めてには思えないし、学校での彼女を知っているからびっくり。

幼少期から知っているけれど、マイヤーヌがあんなふうに笑うなんて、あまり見たことがない。声のトーンもいつもと違って明るい。

研修中の札を今すぐはずしても大丈夫なくらいになじんでいる。

「おつかれ」

カウンターに行くと、ルイーザが声をかけてくれた。

「おつかれさま」

「マイヤーヌすごいよね。生き生きしているわ」

「うん」

「本当に接客が初めてなの？ってくらいの順応性。さすがは成績優秀者。なんでも覚えるのが早いわ」

「本当にそう思う。研修中の札は不要だったかも」

学園内では読書をしている光景をたびたび見かけていたけれど、その時は寡黙な印象だった。でも、今はお客さんと楽しそうに会話している。学園内の生徒がお客さんとして入店しても、絶対に気づかないって断言できるくらいに別人だ。

「ねぇ、ルイーザ。このお店、マイヤーヌにとって居心地のいい場所になってくれるかな？私ね、前世でお店に来てくれるお客さんや従業員に居心地のいい場所だって思ってもらえるカフェがつくりたかったんだ」

「叶っているわ。少なくとも、私はそう思っているもの。ありがとう」

ルイーザが微笑みながら言ったので、私はきっかけがなんであれ、夢が形になったことが誇らしかった。

マイヤーヌにとっても居心地のいい場所になってくれるとうれしい。やっぱり好きなことを我慢するのはつらいから……。

マイヤーヌのことを考えていたら、扉が開きウィンドチャイムが音を奏でて入店を告げる。

顔を向けると、「よし、勝った！」と手を天井に掲げているマイカの姿が。

その数秒後に両手にパンパンの荷物が入った紙袋を持っているアイザックが現れた。大きく肩で息をしながら、顔を引きつらせてマイカを見ている。

休むことなくお店に通ってくれていて、常連客の一員として名を連ねているふたりだ。

「そりゃあ勝つだろう。人に荷物を持たせて走っていけばな。そもそも、荷物はいったん家に置いてこいよ。重いし」

「重いに決まっているじゃないですか。中身は本ですもの。ラッキーでしたわ。偶然、アイザック様に会って。購入したのはいいんですが、重かったんですよね。それ、ついでに家まで運んでくださいね」

「ついでではないだろ。俺の家は真逆だ」

アイザックは頬をピクピクと動かしている。彼が目を細めてマイカを見れば、マイカがにこっと微笑んで言った。

「同郷のよしみで」

入り口付近でアイザックたちはしゃべっているけれど、相変わらず仲がいいのか悪いのかわからない。

ふたりのやり取りは、当館ではほかのお客さんたちの間でもある意味名物となっている。

「あー。あのふたりが来る時間帯か。毎回、混んでいない時間帯に来てくれるのはありがたいんだけれど、時間帯ぴったりだから鉢合わせをするのよね」

「私、お出迎えをしてくるわ」

私はオーダー票を持つとルイーザにひと言声をかけた。

「行ってくるね」

「いってらっしゃい」

ルイーザに見送られながらカウンターを出ると、ふたりを出迎えた。

「おかえりなさいませ、お嬢様」

「ただいま戻りました。このために仕事と学業をがんばっていたと言っても過言ではありません。私にとってシルフィさんのお店はパワースポットです」

「ありがとうございます。旦那様もおかえりなさいませ」

「ただいま、シルフィ」

はにかみながらアイザックが言うと、マイカが「ん？」という声を漏らす。

「いつもはご主人様呼びだったはずですわよね？」

「ええ。旦那様呼びの方がよろしいとお願いされまして……」

ちょっと前にご主人様呼びよりは旦那様呼びの方がありがたいと言われて、そちらで呼ぶようにしている。うちのメイドは私のお父様のことを旦那様呼びしているので、とくに問題はないと思うし。

マイカはじっとアイザックを凝視すると、彼はたじろぎ視線を逸らした。

「旦那様ってそういう妄想の使い方ですか。なかなかマニアックなことをやりま……んっ？」

マイカが私越しに視線を固定させたので、私は振り返った。どうやら、マイヤーヌが接客をしているのを見ているようだ。

もしかして、バレちゃったのかな？　それとも新しいメイドが入ったから興味を持ったのかな？

正解がわからないため、鼓動が速くなり背に汗をかき始めてしまう。

ぎゅっとスカートを握りしめながら、マイカの言葉の続きを待った。

「新しいメイドさんですわね」

「本当だ。気がつかなかった」

「アイザック様。あの方、どこかで見たことがあるような気がしませんか？」

「奇遇だな。俺も見覚えがある。だが、どこで会ったかまでは不明だ」

ふたりは腕を組んでマイヤーヌを注視している。

面識はあるけれど、いつもの声のトーンと違うから、マイヤーヌと結びつかないのかも。

私は彼女の身バレを防ぐことも兼ねて先手を打ち、紹介を始める。

「今日から入ってもらっている新しいメイドさんです。つい見つめたくなるくらいにかわいらしいですよね。お気持ちわかります」

「違う。そういう目で見ていたわけじゃない。ただ、なんとなくどこかで見たことがあるような気がしたから……俺が世界で一番かわいいと思うのはシルフィだけだ」

アイザックが熱のこもった瞳で見つめながら力説したので、私は体温が上昇するのを感じる。

時が止まったかのように、彼から視線をはずせない。

ど、どうしちゃったんだろう。私……仕事をしなきゃいけないのに……。

そんな瞳でアイザックが私のことを見つめたことがなかったため、そわそわ心が落ち着かなくなった。

マイヤーヌがメイドカフェで働いている光景が日常のものになった頃。

私はアイザックと一緒に、講堂に向かって廊下を歩いていた。

渡り廊下はそのまま小庭園へ行けるようなっているので、壁がない。そのため、時折吹く冷たい風が頬や髪をなでている。天気がいいので、渡り廊下でおしゃべりをしている生徒もちらほらいるみたい。

――あら？

前方からマイカが歩いてくるのが見えた。手には教科書を持っているし、彼女の後方にも生徒たちがうかがえるので移動教室なのかも。

マイカは私たちに気づいたようで、目が合うとパッと明るい表情になった。けれど、私の隣にいたアイザックを視界に入れ盛大に眉をひそめてしまう。

本当に仲がいいのか、悪いのかわからないわ。ふたりはカフェでは口喧嘩しているけれど、学園内では話している場面すら目撃したことはない。

学食で入学式の時に話をしているのを聞いたという以外に、ふたりに関しても噂はなかった。

もしかして、なにか事情があるのかな？

マイカたちが深々と頭を下げたので、彼女に続くように廊下にいた生徒たちが端によけて頭を下げていく。

毎回思うけれど、よけなくても廊下は歩けるので大丈夫なんだけれどなぁ。

個人的に江戸時代に大名行列が通る時に平伏する人々を思い出すので、ちょっと困惑している。

人々の前を通っていくと、視界の端にキラリと星のように輝く物が入ってきた。

今、なにか光ったような……？

そちらに強く意識を引きつけられたため、足を止め、右手に広がっている小庭園側へと顔を向けると庭園を挟んだ向こう側にある校舎の二階部分に異変が。

風に揺れるカーテンの隙間からぬっとバケツを持った両手が現れ、左右に動きなにかの位置を調整しているようだ。女子生徒が三人いるみたいだけれど、肝心の顔がカーテンで隠れて見えず。

――なんでバケツ？

誰が持っているのかはわからない。どうやら、水をそのまま外に捨てようとしているみたいだ。ありえない。そう思った直後、ふと下にあるベンチに女子生徒が座っているのに気づく。

マイヤーヌだ。彼女は教科書を開き、読んでいる。

え、嘘でしょ……まさかあのバケツって……!?

「アイザック、ごめん。ちょっと教科書を持って！」

私はアイザックに教科書を押しつけるように渡し、地面を蹴って駆けだしていた。

私の名を叫ぶアイザックの声が背に聞こえたが、止まることなく彼女のもとへ。

「マイヤーヌ！」

「え？」

マイヤーヌがこちらを見た時。私は彼女の頭に覆いかぶさるように抱きしめると、まるで滝行でもしているかのような強い水の衝撃が頭上に走った。

ほんの数秒程度で私の全身はびしょびしょ。

肌に張りつく制服がちょっと気持ち悪いと思っている間も、ぽたりぽたりと滴が頬を伝って首筋に流れていく。

顔にかかった水を手で拭いながら二階を見上げた時には、すでに誰もいなかった。

「シルフィ様!?」

マイカの金切り声をきっかけに、波紋のように男女の悲鳴が広がっていった。

「マイヤーヌ。大丈夫ですか？」

「ど、どうして水が……」

マイヤーヌは小さく震えながら、瞳を揺らしている。

これ完全に故意よね。

以前、ラルフがマイヤーヌに言った台詞が頭をよぎった。『君は自分から敵をつくりすぎている』という言葉が……。

「シルフィ」

背にアイザックの声が聞こえたため振り返ると、アイザックとマイカの姿があった。

アイザックは顔を険しくさせているし、マイカは青ざめている。

「アイザック。マイヤーヌにブレザーを貸してあげてほしいの。濡《ぬ》れちゃっているから」

「マイヤーヌより君だ。俺は君を優先する。制服の下が透けているじゃないか。そんな姿をほかの奴らに見せたくない。それに、彼女のことは彼がやるから心配ない」

「彼……？」

アイザックが視線を左手へと向けると、ラルフがこちらに向かって走ってくるのが見えた。

彼の前方には誘導している女子生徒の姿がある。どうやら誰かが呼んできてくれたみたいだ。

「いったい、なにがあったんですか？」

到着したラルフはブレザーを脱ぎながら声をかけてきたが、私は話すのを躊躇《ちゅうちょ》した。

今見たことを、マイヤーヌの前でわざわざ言って傷つけるような真似をするべきではない。

でも、いつかは真実を知るだろうし。

「ラルフ様。話は後にしてくださいませ。今は着替えの方が先ですわ。シルフィ様がお風邪を召してしまいます。さぁ、シルフィ様、マイヤーヌ。保健室に参りましょう。タオルがありますし、着替えも行えます。タオルは薬品棚の近くにリネン室がありますので、そちらに」

「マイカ。職員室に行って予備の制服があるか聞いてきてくれ。俺より君の方が適任だろう。保健室には俺が連れていく」

「えぇ、了解しました」

マイカはうなずき、足を踏み出そうとしたので、私は彼女にお礼を言った。

「マイカ、ありがとう」

「いいえ。お礼を言われるようなことはなにもしておりませんわ。シルフィ様のお役に立てるのならば本望です。アイザック様、シルフィ様をお願いしますわ」

「任せろ」

アイザックがうなずくと、マイカは校舎へ向かって駆けだす。

これから授業も始まるのに、迷惑をかけた。

後でお礼をしなければ……と思っていると、全身に刺さるような強い視線を感じてしまう。

あっ、これは絶対に怒っているなぁ。

ゆっくりとアイザックの方を見ると、彼は腕を組んでじっと私を見つめている。穴があきそうなくらいに注視されているため、ちょっと居心地が悪い。

無言の圧力がただ痛かった。

「ご、ごめんなさい」

「言いたいことはいっぱいあるけれど、今は着替えの方が先。さぁ、保健室に行こう」

「……うん」

アイザックが私の背に手を優しく添えると、進むように促してくれた。

ラルフやマイヤーヌたちも一緒に保健室へ向かうと、真っ白な保健室の扉に【一時席をはずしています。ご用の方は中でお待ちを】というプレートがかけられていた。

プレートのとおりに保健室の中に入ると、左右にカーテン付きのベッドが五台ずつ設置されている。奥には大きく切り抜かれた窓があり、机や薬品棚などが並べられていた。

初めて入ったけれど、日本の保健室とあまり変わりないようだ。

「ここで待っていてくれ。タオルを取ってくる」

「ありがとう」

アイザックがタオルを取りにいってくれたので、私は待つことにした。

全身ずぶ濡れのため、靴の中にまで水が入って歩くたびに水音がしている。こんな状態で奥まで進んだら、さらに床を汚してしまう。

ややあってアイザックがタオルをかかえてくると、マイヤーヌに半分渡し残りのタオルを私に渡してくれた。

「ありがとう。ブレザー濡らしちゃってごめんね」

「制服なんてどうでもいい。君の優しさは好きだ。でも、今回の件でその優しさが心配でたまらなくなった」

アイザックはやり場のない怒りをこらえているかのような声音で言うと、私に手を伸ばして頬に触れる。

「……冷たいな」

「水を浴びちゃったからね」

「水でよかった。仮に薬品だった場合、君は……」

私を捉えている海色の瞳は不安定に揺れ動き、大きな彼の体が小さく見えた。

頬に触れている手がわななき、心配の大きさが伝わってくる。

「心配かけてごめんなさい」

私がアイザックの手に自分の手を重ねると、ノックの音が室内に届いた。

ゆっくりと真っ白い扉が開かれ、現れたのはマイカだ。彼女は、かかえるようにして折りたたまれた制服を持っている。

「予備の制服がありましたので借りてきました。ベッドに置きますね」

「ありがとう、マイカ」

「滅相もないです。お役に立てて幸いですわ……というか、男性陣。今から女性が着替えるのですが。まさかここにずっといるつもりではないですよね？　とくにアイザック様」

「なんでとくに俺なんだよ。着替える間は外で待つに決まっている。ラルフ、行こう」

「えぇ。ですが、僕は目撃者に話を聞きたいと思っているんです。まだ記憶が新しいうちに。シルフィ。マイヤーヌのことを任せてもよろしいですか？」

「えぇ、もちろん」

「すみません。お願いします」

ラルフはそう言うとアイザックと共に扉の向こうへ消えていった。

さっそく着替えようと思ってタオルで髪を拭きながらベッドへ向かうと、マイヤーヌがうつむいて動かないのに気づく。

衝撃的な出来事だったから、ショックが大きすぎたのだろうか。

心配になり近づけば、か細い声が私の耳に聞こえてきた。

「どうして助けたんですか……」

床に一滴の滴が落ちたのをきっかけに、マイヤーヌは両手で顔を覆いながら嗚咽交じりに泣きだした。

なんて声をかけていいのかわからずに手をさまよわせると、彼女の口から言葉が続く。

「シルフィ様を見ると自分が嫌になる。かわいくて優しくてみんなに愛されて……私が欲しいものを全部持っている……こんなかわいげがない私だから、ラルフ様にも好かれない……」

「ラ、ラルフ？」

幼少期から彼女のことは知っていたけれど、まさかラルフのことが好きだったなんて。

そっか。なんとなく腑《ふ》に落ちた気がする。

私に対してマイヤーヌのあたりが厳しい理由は、ラルフと私の仲がよかったからなのだろう。

「気づかずに申し訳ありません」

「違います……私が悪いんです。ラルフ様と話をしたかったのに、上手にできないから。シルフィ様は自然にラルフ様のそばでおしゃべりできているから、うらやましくて……私、ラルフ様の言うように敵をつくっていたのね。そのせいで、シルフィ様を巻き込んだ……ご迷惑をおかけしました。責任を取ってカフェの仕事を辞めます」

「待ってください。お店、嫌いですか？」

その問いに対して、マイヤーヌは首を激しく横に振った。

「お店は楽しいです。両親やほかの人たちの目を気にすることなくかわいい服も着られますし……」

「でしたら、辞めないでください。私はマイヤーヌとお仕事できて楽しいです。お客さんも同じですよ。きっと」

「そんな資格ありません……」

マイヤーヌは、ぎゅっと両手を握りしめた。

迷惑だなんて微塵《みじん》も感じていないので、気にしないでほしい。私が勝手に動いてしまったのだから、負い目に思う必要はないし。

けれど、やっぱり気にしちゃうよね。私も同じ立場なら気にする。どうしたらいいのかな……？　あっ、そうだわ！

私はあることが頭に浮かんだため、唇を開いた。

「でしたら、マイヤーヌ、こういうのはいかがですか？　今回の件で負い目を感じるとおっしゃるのでしたら、私のお願いを聞いてくれますか？　それで貸し借りなしにしましょう」

「お願い……？」

「ええ。私とお友達になってください。友達なら自分の友達が危機的な状況に陥っていたら助けます。私とマイヤーヌがお友達同士になれば、助けられたことに対して負い目を感じる必要はありません」

私が手を差し出すと、彼女は目を大きく見開き一瞬固まった。

マイヤーヌは手を伸ばして引っ込める動作を数回繰り返した後、神に祈るように手を組み深呼吸した。

そして、こちらに向かって「ありがとう」と言いながら手を伸ばしてくれた。

放課後。私はアイザックと共に城下町を訪れていた。

城へと伸びている大通りの左右には、書店から宝飾店など様々な店が軒を連ねている。

この辺りは主に高級品を扱う店々が立ち並んでいるため、貴族や富裕層に人気だ。顧客に合わせて店も落ち着いた印象を受ける外観なので、どちらかといえば華やかな印象を受ける店が多い。

「ねぇ、アイザック。マイカ、なにをプレゼントすれば喜んでくれるかな？」

「シルフィからのプレゼントならなんでも喜ぶよ」

水を浴びた時、マイカが着替えを持ってきてくれたり、濡れたタオルを回収してくれたり、私たちのことを手助けしてくれた。

いろいろご迷惑をかけたので、なにかちょっとしたお礼の品を探しにきたのだ。

フラグ回避のためにあまり関わらないようにしようと思っていた。でも、彼女と接していくうちに心境にも変化が出てきたのだ。なんとなくだけれど、マイカは私のことを断罪しないって根拠のない自信がある。

「アイザックはなにがいい？　助けてくれたお礼にプレゼントするよ」

「いいよ、俺は。今、こうしてシルフィと一緒に買い物をすることができるだけで幸せだから。初めてだな。こうしてふたりだけで買い物に来るのは。ウォルガーたちも一緒なら何度かあるが」

「そういえば、そうかも」

「せっかくだから夕食を一緒に食べていかないか？　ウォルガーとこの間食べにいった店がうまかったんだ」

「行きたいわ」

返事をすると、アイザックが顔を緩めた。そんなアイザックの笑顔を見ていると、なんだかこっちまでうれしくなる。

「プレゼントの目星はついているのか？」

「んー……バレッタとかどうかなって思っているの」

マイカは毎日バレッタで髪をとめている。毎回違うバレッタを使っていておしゃれ。このこだわりは、キャラ設定表にも書かれていたけれど、現実も同じだ。

ゲームが進んでいくと、攻略対象者とマイカの好感度が高まり、両想いのパーセンテージが高くなると、攻略対象者はマイカへバレッタをプレゼントする。

すると、マイカはバレッタを毎日変えるのをやめ、攻略対象者からもらったものを大切に愛用するようになるのだ。

とはいえ、今のところ攻略対象者からもらっていないようだし、バレッタが好きっぽいので喜ばれるかなぁと思ったのだ。

「私がよく行くへアアクセ屋さんがあるの。すぐそこなんだけれど……」

私が視線を向けたのは、真っ白い壁がひと際目立つ赤い三角屋根のお店だった。

入り口の扉にはステンドグラスがはめ込まれ、ショーウインドーは大きく取られている。

「さっそく行こうか」

「えぇ」

私はうなずくと足を踏み出した。

扉をアイザックに開けてもらい中に入ると、見慣れた店内が視界いっぱいに広がる。

真っ白な天井にはスズランを模したシャンデリアが設置され、棚や平台にディスプレイされている商品を淡いオレンジ色の光で包み込んでくれている。

このお店の商品は、普段使いできる代物から夜会で使用できる代物まで幅広い。

――アンティーク品とかどうかな？　通りから見えていたから気になっていたのよね。

私は窓際にディスプレイされているヘアアクセサリーを見にいった。

幾何学模様のクロスが敷かれた円卓の上に、カメオのバレッタや年代物の銀細工の髪飾りなどが並べられている。

「カメオのバレッタかわいいわ」

黒のベルベットのリボンとカメオを組み合わせたバレッタは、とても品がある。

ただ、マイカが身につけている系統ではない。彼女はいつも明るいビタミンカラーのバレッタをつけているから。

もう少し店内を見てみようかな。

今度は平台の方へ移動すると、お花をモチーフにした髪飾りが並べられていた。

バラのような華やかな花からスミレのように素朴で可憐なものまでいろいろなモチーフがある。

私が気になったのは、透明な樹脂に押し花が埋め込まれているバレッタ。

あとちょっと経つと、季節は夏を迎える。なので、クリアなバレッタは涼しげでよさそう！

ひとつひとつ見てどれが似合いそうかなと思いながら選び、黄色いポピーのバレッタと白地にヒマワリが連なっているバレッタのふたつまでに絞り込んだ。

「んー。どっちがいいかしら？　どっちもマイカの髪色に似合いそうなのよね」

「決めかねているなら花言葉で決めてみるとか。黄色いポピーの花言葉は富、成功。ヒマワリは憧れ。どちらもマイカに合いそうだな」

「マイカ、お仕事をしているからポピーかな。成功って縁起よさそうだし」

十大商会のオルニス家出身。美術部門の責任者としてすごく稼いでいるから、もうすでに大成功しているけれど。

「アイザック、ありがとう。花言葉を教えてくれて。プレゼントは、ポピーにするわ」

私は手にしているバレッタを見て微笑んだ。

マイカ、喜んでくれるといいなぁ。

「シルフィ」

「ん？」

アイザックの方を見ると、彼は手に赤い花が七つ連なっている髪飾りを持っていた。

宝石でできているのか、照明の反射できらきらと輝いている。彼はそれを私の頭部へ近づけると、凝視し始めた。

穴があきそうなくらいに見られているから、緊張するわ……。

「やっぱりいいな。シルフィの髪に映えて似合っている」

「綺麗ね。なんのお花？」

「アネモネの髪飾りだ。赤だけではなく、白や紫の花を咲かせる品種もある」

髪をざっくりまとめてこの髪飾りでまとめてもかわいいかも。最近、暑くなってきたから髪を下ろしたままだと蒸すからまとめたいし。

マイカのプレゼントと一緒に買おうかな。

頭の中でこの髪飾りを使ってどんな髪型にしようかなぁと考えていたら、アイザックが喉で笑ったのに気づく。

「シルフィの考えていることが手に取るようにわかる」

「か、顔に出ちゃっていた？」

アイザックが大きくうなずいた。

「プレゼントするよ」

「えっ、いいよ。むしろ、私が助けてもらったお礼にアイザックへ贈り物をする立場だよ」

「俺はなにもいらない。シルフィとこうして一緒にいられるからさ。それに、赤いアネモネの花言葉もちょうどぴったりだし」

「アネモネの花言葉？」

「今度直接言うよ。ほかにもいろいろ髪飾りがあるようだから、見ていて。気に入ったのがほかにもあったら教えてくれ」

アイザックはそう言うと、カウンターへ向かっていった。

アネモネの花言葉ってなんだろう。スマホがあれば、すぐに検索できるのになぁ。


翌日の昼。私はアイザックと共に昼食を取るために食堂を訪れていた。手にはマイカへのお礼として購入したプレゼントを持って。

賑わう食堂内でマイカの姿を捜すと、ちょうど彼女が壁際の席でウォルガーとランチを取っているのが目に入ってくる。

——いたわ。お礼の品、気に入ってくれるといいなぁ。

私は手にしている白地に水色の縁取りがされた紙袋へ視線を落とす。袋の中身は昨日購入したバレッタだ。

マイカの好みに合わなかったらどうしようと、ちょっとした不安が心をよぎった。

アイザックはそんな私を見ると、安心させるようにやわらかく微笑んだ。

「大丈夫。絶対に喜んでくれるから。それより、アネモネの髪飾り使ってくれたんだな」

「うん。どうかな？」

左後頭部に髪をまとめ、片側お団子にしてアネモネの髪飾りでとめている。この髪飾りは昨日アイザックにプレゼントしてもらったものだ。

さっそく今日から使っている。

「とっても似合っているよ」

「ありがとう」

私はアネモネの髪飾りに触れながらお礼を言う。

そういえば、アネモネの花言葉をまだ聞いていないなぁ。ちょっと気になるから、お昼ご飯を食べ終えたら図書館で調べてみようかな？　ぼんやりとそんなことを考えていると、アイザックに先に進むように促されたので足を踏み出した。

ふたりのもとへ向かうと、話しながらランチを取っているところだった。

マイカがマシンガンのように「天使様を図書館でお見かけしたんだけれど、場の空気が違ったんですよね。図書館じゃなくて天界かな？って。あぁ、早くご一緒にお茶会がしたいですわ」と話をしているのに対し、ウォルガーが死んだ魚のような目で彼女の話を聞いている。

こんなウォルガーを見るのは初めてかも。

「あの……お食事中に申し訳ありません。マイカ、ちょっとお時間よろしいでしょうか?」

マイカに声をかけると、なぜかざわめきが波紋のように広がっていく。

食堂にいる生徒たちの視線が私へ集中し、無数の視線を受けた体は動かしにくい。

一挙一動見られているようで、顔が引きつってしまう。

「そりゃあ、そうですわよね。ウォルガー様、シルフィ様の婚約者ですもの。マイカったら、いつも親しそうにウォルガー様にベタベタしちゃって」

「ねー。ただでさえ庶民のくせに」

「おい、修羅場じゃないか?」

「天使のシルフィ様も堪忍袋の緒が切れたんだろう。ウォルガー様もなにを考えていらっしゃるのか。シルフィ様という素晴らしい女性がいるのに」

──待って! 私、別にマイカに物申すことなんてないから。

さっさと用件だけ済ませて離れた方がいいかも。変な噂を立てられると困るし。

「シ、シルフィ様!?」

マイカが驚きのあまりスプーンを皿に投げ出すと勢いよく立ち上がったため、椅子が重い音を立てながら倒れる。

「ほ、本物ですか……？　それとも夢？　シルフィ様が学園で私に声をかけてくださっている！」

「いや、夢じゃないし。頬を引っ張ってみたらどうだ」

テーブル越しに届いたウォルガーの台詞を聞き、マイカがウォルガーの頬に手を伸ばせば、ウォルガーの頬に赤みがさす。

「俺じゃない！　自分のだ」

「頬を引っ張ったら変な顔になりますわ。シルフィ様の前で変な顔はできません」

「俺はいいのか」

ウォルガーがやさぐれ気味に言うと、アイザックが彼の肩を優しく叩いた。

「マイカ、昨日は助けてくれてありがとう。よかったらどうぞ。気に入ってくれるとうれしいんだけれど……」

「わ、私にですか！」

マイカは極限まで目を見開くと紙袋と私の顔を交互に見たので、私は微笑んで「どうぞ」と彼女の前に差し出した。

すると、マイカは宝石でも扱うように丁寧に受け取ると、じっと紙袋を眺める。

「あ、開けてもよろしいでしょうか」

「もちろん」

マイカが袋に手を入れて取り出したのは、淡いピンクの長方形の箱だった。お店の名前が印字されたシルバーの太いリボンでラッピングされている。

箱をテーブルに置きリボンをほどいて開けると、中にはポピーのバレッタがあった。

「まぁ、素敵！　これはポピーですね」

「えぇ、そうなの。花言葉をアイザックに聞いてぴったりかなって」

「ポピーの花言葉は富と成功ですね」

「マイカ、商会のお仕事をしているから縁起がいいかなって」

「ありがとうございます。バレッタをお守りにして今まで以上に稼ぎまくりますわ」

マイカは満面の笑みを浮かべると、アイザックにバレッタを印籠のごとく掲げてみせる。

クリスマスに欲しいものをプレゼントされた子供のような雰囲気の彼女に対して、アイザックは一瞥するという薄いリアクション。

――喜んでもらえてよかったわ。

私はほっと胸をなで下ろす。緊張して胃がちょっとキリキリしていたけれど、やっと治まった。

「ん？　シルフィ、その髪飾り綺麗だな。初めて見た」

ウォルガーはそう言うと、私の後頭部付近を見ている。

「アネモネの髪飾りですわね。シルフィ様の髪にとても映えます。アネモネの花言葉は――」

「君を愛す」

マイカの台詞に覆いかぶさるように、アイザックの言葉が聞こえた。

アイザックが選んでくれたアネモネの髪飾り。その花言葉は今度直接私に伝えるって言ってくれた。

意味は君を愛す。えっと……それって……？

私は確認するためにゆっくりと彼の方を見ると、こちらを見つめている彼と目が合う。

情熱的な熱い視線を受け、私は目を逸らすことができない。全身の血流がよくなり、体温が上昇していくのに抗えない。

「シルフィ」

アイザックに名前を呼ばれ、私の鼓動が大きく跳ねた。

「は、はい」

「ウォルガーたちも食事中だから、そろそろ行こうか」

そうだった。ここ、食堂。私は首を横に振って雑念を払う。

「そうね。そろそろ行きましょう。お昼の邪魔をしてしまってはダメだもの。今日は風が心地いいからテラス席に行かない？　夏になると暑くて外で食事を取れないから」

「いいな、外も」

「ウォルガー、マイカ。またね」

私が会釈すると、アイザックは私の背に軽く触れ、その場を後にするよう促した。

すると、「お待ちください！」という声と共に私の右腕に衝撃が走る。

なにごと⁉　と思って顔を向けると、腕にマイカがしがみついていた。

「よかったらお昼をご一緒させてください」

「あのな、マイカ。ウォルガーと一緒に食事をしていたんだろ？　勝手なことを言うなよ。ここぞとばかりに割り込むな」

「絵画のオークションと同じですわ。ここぞという時に推します。それに、ウォルガー様ならいいとおっしゃってくださいますわ。だって、シルフィ様と一緒ですもの。ねぇ、ウォルガー様」

「……アイザック。俺、断れないよ。ごめんな」

「ほら、ウォルガー様も了承してくださった。さぁ、参りましょう！」

マイカが、ランチがのっているプレートを持ち上げた。

その時だった。「あの、シルフィ様」と言う、か細い声が聞こえてきたのは。

あまりにも小さすぎた声だったため、私は聞き間違いかなとさえ思ったが、私以外の人が左側へと顔を向けているので間違いではなかった。

そこにはランチがのせられたトレイを持ったマイヤーヌがいる。

「お、お昼。ご一緒してもよろしいでしょうか？」

マイヤーヌは早口でまくし立てるように言うと、顔を真っ赤にさせ目をぎゅっとつむった。

緊張がこちらにまで伝染してくるレベルだ。見ている私まで緊張してしまい、体が少し固まってしまう。

きっとすごくどきどきしているよなぁ。声をかけるって、かなり勇気が必要だもの。

「もちろんです。一緒に食べましょう。アイザック、いい？」

「あぁ」

返事を聞くとマイヤーヌは体の力を抜き、やわらかく微笑むと「ありがとう」と言って頬を緩ませた。

＊　＊　＊

ラバーチェ家のシンボルとも言われている大庭園での、優雅なティータイム中だった。

私は咲き誇る花々をお茶のお供に、アイアンテーブルの上にのせられているイチゴのタルトと味わい深い紅茶を楽しんでいる。

私の視界の端に映るのは、神話の神々が彫られている噴水。ここを中心として大運河から引かれた水が庭園を通る水路に広がっていく。水路の周辺にはブルーサルビアなどの花類だけではなく、柑橘系《かんきつけい》の木々も植えられていた。

ラバーチェ家の庭園は、世界でも屈指の庭師によりつくり上げられた最高峰の庭園。この庭の一番の見所は、その場から眺めることではない。屋敷の二階から眺めると庭師の意図が理解できる。上から見ると、ラバーチェ家の紋章が浮かんで見えるように仕掛けられているのだ。

庭園に関してどこの貴族にも負けない。ミニム王国の貴族の中では一番と自負している。

ラバーチェ家が四大侯爵の地位を剥奪される前の頃。当時、広大な庭園を持ち、それに私財を投じることが、貴族たちの富と権力の象徴だった。

先祖が屋敷と共に残した唯一の当時の面影。四大侯爵時代の残骸。そんなふうに裏で揶揄《やゆ》する貴族もいる。どうせ、そいつらの庭なんてたいしたことはない。大庭園を持ったこともない負け惜しみの戯れ言だ。

それに、近々侯爵の称号を授与され四大侯爵に返り咲く——。

「あぁ、早く夏休みにならないかしら?」

胸が踊る。

夏になれば、シルフィは毎夏恒例のウォルガー様の別荘を訪問する。隣国との境目にある田舎の別荘地。人口の少ない所ならば、人目を気にすることなく動きやすい。ましてや別荘までの一本道は木々が壁となり隠してくれているのでますます都合がいい。奇襲してくださいと言っているかのような、絶好の地だ。別荘地なので治安もいいから油断していそうだし。

目障りなシルフィに早くこの世界から消えてほしい。あの子が持っているものすべて、本来ならば私のものだった。公爵令嬢という地位も天使と呼ばれ慕われる名誉も。

先祖が四大侯爵の地位をグロース家に奪われたせいで……。

シルフィを消したら、今度はグロース家の没落を狙う。そして、今度こそ返してもらう。四大侯爵の地位を。

「あぁ、楽しみ。早く夏休みがこないかしら？」

イチゴにフォークを刺すと、真っ赤な果汁がじわっと実を伝って、真っ白いプレートにあふれ出した。

第九章　どうして悪役令嬢の私が襲撃されるの？

月日が経つのは早いもので、冷たい飲み物がおいしい季節を迎えた。

私とマイヤーヌの関係も変わり、仲が深まった。学園内やメイドカフェでも気さくに話をする仲だ。

本日、ここメイドカフェでは模様替え中だ。

ミニム王国の夏は、日本のように湿気の多い暑さではなく、からっとしたもの。とはいえ、暑いものは暑い。

クーラーがない部屋の中、私たちは見た目だけでも涼しくなるように考えた。ソファ席を籐《とう》製のソファに切り替えたり、クッションカバーをマリン風にしたり試行錯誤している。

ルイーザとマイヤーヌと相談して決めたんだけれど、なんでだろう？　リゾート風になっているのは否めない。ヤシの木があったら似合いそう。貴族の部屋ではなく、リゾートホテルの一角って雰囲気だ。

モチーフが貴族の部屋なんだけれどなぁ……。

もちろん、変わったのは店内だけじゃなく、私たちが着用しているメイド服も夏バージョンに衣替えした。

ブラウスをデコルテ部分がざっくり開いたキャップスリーブタイプに変更し、爽やかなレモンイエローと白のストライプ柄のジャンパースカートとの組み合わせにしている。

「模様替え終わったー！　でも、暑いことには変わりないわ。あー、クーラー欲しい。ねぇ、海行きたくない？　泳ぎたくない？」

さっきクッションカバーを交換したばかりのソファに座りながら、ルイーザはスカートの中に空気を送り込むように両手で持ち、バサバサと扇いでいる。

気持ちはわかる。やりたくなるよね……でも、たぶん疲れて余計暑くなるよ。

そんなことを思いながら、私が苦笑いを浮かべていると案の定バテ始めたのか、ルイーザがそのままソファへと倒れるように横になってしまう。

「もう嫌。夏ってほんと嫌い。食事も取りたくなくなるのよね」

「意外ですわ。いつでもどんな時でも生命力ありそうなのに」

「私だって苦手なものくらいあるわよ。あー、ビール飲みたい。焼き鳥食べたい。枝豆食べたい。冷や奴が食べたい」

「焼き鳥？　ビール？」

マイヤーヌが小鳥のように首をかしげる。

前世日本人の私ならルイーザの言っていることがわかるけれど、マイヤーヌにはわからないよね。マイヤーヌにも食べさせてあげたいなぁ。炭火焼きの焼き鳥や、刻み葱《ねぎ》とすりおろし生姜《しょうが》をのせた冷や奴。

みんなで浴衣を着て、花火を見にもいきたい。けれどきっとそれは永遠に叶わない願いだ。

私は転生して、シルフィとしてこの世界で生きているから――。

「ねー、シルフィ。かき氷くらいなら作れそうじゃない？」

「ふふっ、考えることは一緒ね。実は職人さんにお願いして作ってもらったものがあるの。説明するのが大変だったけれど」

「もしかして⁉」

寝転がっていたソファから飛び起きたルイーザは、期待を含んだ目で私を見つめている。

「ちょうど模様替えが終わったし、休憩にしようか。ふたりとも厨房に来て。見せたいものがあるの」

私はふたりを厨房へ連れていくと、調理台の上にのせたある機械を見せた。それはそれは大きく、厨房でかなりの存在感を放っている。

右側に歯車のようなもの、上部には大きなネジのようなもの、そして下部には空間がある。

「かき氷機！」

両手を上げて子供みたいに喜んでいるルイーザは、私の方へ体を向けると瞳を輝かせながら口を動かす。

「ねぇ、どうした？　これ」

「お店の夏季限定メニューにしようと思ってオーダーしたの。かき氷なんてこっちの世界にはないから、職人さんと一緒に試行錯誤して完成したんだ……氷とシロップも用意しているわ。冷蔵箱を開けてみて」

私は厨房の奥にある黒い長方形の箱へと視線を向けた。

箱の正体は冷蔵庫のようなもので、メイドカフェの食材などはここに収納されている。

動力源は電気ではなく、魔法石だ。魔法石というのは、魔力が込められた石。魔法石を使うことで、魔力を持たない者も魔法の恩恵を受けられるので便利。

サイドにカードキーを入れるような場所があり、魔法石が埋め込まれたカードを差し込んで使う。ちなみに魔法石は高級品のため、一部の王族や貴族にしか普及していない。

毎年、夏になると思うんだけれど、ぜひクーラーも作ってほしい。

魔法石を使った道具は大抵魔術大国からの輸入品。それも相まって手に入りにくいのだ。

「かき氷！」

まるで歌でも歌いそうなくらいに上機嫌なルイーザが、冷蔵箱を開けて中から瓶を取り出した。透明なシロップにはざっくりと大きくカットされたオレンジ色の果肉が浸っている。

「果実シロップを作ったの？」

「うん」

「あー、いいね！」

「ほかにもいろいろな果物でシロップを作って、みんなで試食しよう」

「いいじゃん！　新メニュー」

「じゃあ、今からかき氷を作るね」

私は手を洗って氷を冷蔵箱から取り出すとかき氷機にセットする。次に皿を機械の下へと置くと、手で右側にあるレバーを回していく。

ざくざくという氷の削れる小気味のいい音と共に、皿には削れた氷がたまっていった。

「ねぇ、シルフィ。かき氷って、氷を削ったものなの？」

「うん。甘いシロップをかけて食べるの。イチゴやメロン、後は抹茶や小豆などのいろいろな種類があるんだよ」

「小豆のかき氷ならできるんじゃない？　あー、でも白玉欲しくなるか。白玉粉がないよね。もち米ないから」

「お米で代用できると思うよ。ゆでたり蒸したり。お団子屋さんによっては、米を蒸して作っている所もあるから。おいしいよ。もちもちして」

「あー、団子屋って聞いたから団子が食べたくなるわ。しょうゆ団子おいしいんだよね」

「お団子も作ってみようか？　運河沿いの輸入品のお店でお米を数種類購入して合いそうなものを探してみよう。もうすぐ夏休みだし」

お団子をお店のメニューに加えたいなぁ。かき氷っていろいろなバリエーションがあるから、味も変化させられるので甘いものが苦手な人でも食べられそうだし。

「いいね、もうすぐ夏休みだし！」

「長期休みの前にテストがあるわ」

「そうなのよね。なんでまたこの年でテスト勉強しなきゃならないんだろう。憂鬱だわ」

ルイーザがため息を吐き出す。

「シルフィもルイーザも夏休みはどこかに行くの？」

「私は毎年ウォルガーが所有している別荘地に泊まりにいくのが定番なの。両家の家族も一緒に。でも今年は家族ではなく、アイザックが一緒よ」

「うらやましいわ。私は、ラルフ様とお会いしてもあまり話をしないから……お話ししても天気の話くらいかな」

「えー、マイヤーヌのところは十分だと思うけれど。私なんて殿下と冷え冷え。世間話どころか、天気の話すらしない。ただ、挨拶だけ！　近づくな話かけるなオーラが半端ないんだよね」

ルイーザの話を聞き、私は首をかしげた。私が知っているエオニオ王太子殿下とはまったく違うからだ。

夜会でお会いすると優しく微笑んで声をかけてくれるから好感度が高い。万人に穏やかで、さすが王太子殿下という印象を持っている。

どうやらそう思うのは私だけではなく、マイヤーヌもらしい。信じられないという表情で聞いている。

「あー、わかる。ふたりとも信じられないんでしょ？　表向きの殿下ってそんなもんよ。陛下をはじめとした家族やみんなの前では絵に描いたような殿下を演じているだけ。生まれた時から次期国王として周りの期待とプレッシャーを背負っているので、万人受けするようにしているのよ」

「ルイーザの前では違うってことよね。それって、気を許している証拠じゃないかしら？」

「違うわね。私が同類だからだと思う。似ているのよ、私たちは。私も将来の王妃としてずっと両親や周りからうるさく言われてきたから。みんなが見ているのは、私、ルイーザじゃなくて高貴な身分で容姿端麗な次期王妃。名前なんてどうでもいい。屋敷の中でも学園でも息ができる所がないから苦しいのよ」

「ルイーザ……」

沈痛な表情を浮かべているルイーザの肩に私が手を添えると、マイヤーヌが彼女の背に触れた。

「私は大丈夫。メイドカフェがあるし、シルフィたちがいるもの。だから、殿下にもよき友人と巡り会ってほしい。そう願っているわ。あの人、温室育ちだから心の隙を突かれて簡単に取り入られそうだもの。とくに女性には気をつけた方がいいわ」

「どうして？　殿下の権力目あてならば、男性も近づくと思うけれど」

「恋の病は医者にも治せないっていうでしょ？　昔から恋愛で身を滅ぼした偉人もいるし。まぁ、でもそこまでの恋愛できるなんてある意味うらやましいかな。私自身、そんな恋愛をしてみたいって気持ちはちょっとあるかも。理性を超えても好きだって思う人に今まで一度も出会ったことがないから」

「理性を失うのは問題があるわ。嫉妬心から人を傷つける……誰も周りにいなくなっちゃう……」

マイヤーヌがぎゅっとエプロンを握りしめている。もしかしたら、過去の自分を思い出しているのかもしれない。

「ごめん！　マイヤーヌのことを悪く言うつもりはなかったの」

「ううん。私が過敏になっちゃっただけだから……あの時の自分最低だったと思うし」

ふたりの間に微妙な空気が流れだしたので、私は慌てて話題を変えることに。

「ふたりとも、よかったら一緒にウォルガーの別荘に行かない？　ウォルガーに友達にも声かけていいって言われていたの。森の中にあって、ここより気温が低いから過ごしやすいし湖もあるから涼めるんだ。ラルフは将来のためにお父様の外交に同行するから不参加だけれど」

「行く！　絶対に行くわ」

ルイーザが手を上げつつ、楽しげな声で返事をした。

マイヤーヌはどうかな？と思って彼女へと視線を向けると、首を縦に動かしている。

よかった。ふたりとも来られそうで。帰りにウォルガーの家に立ち寄って報告しよう。あぁ、夏休みがくるのが楽しみだわ。早く夏休みにならないかしら。

はやる気持ちを抑えながら、私はかき氷を作るためにかき氷機を再び回しだした。

店内はティータイムのオープン時間を迎え、本日もお客さんたちで賑わっていた。

風通しを少しでもよくするために窓は開け放たれ、目隠しにレースのカーテンを設置。

窓辺には風鈴代わりにガラス製の清涼感あふれるウィンドチャイムを飾り、時折吹く風により涼しげな音色を奏でてくれている。

模様替えした部屋は涼しそう！　とお客さんたちに好評だ。

成功してよかったなぁと思いながら、空いたテーブル席で食器を片づけていると、「シルフィ」と呼ぶ声が届く。顔を上げると、マイヤーヌの姿があった。手にはアイスティーがのったトレイを持っている。

「ルイーザが五番テーブルのワッフルセット、できているから取りにきてって」

「わかった。ありがとう」

私は食器を全部のせると、厨房へと向かった。

トレイにのせていた食器を流し台へと置くと、グラスを拭いていたルイーザが口を開く。

「ねぇ、もしかしてアイザック様。今日も来ているの？」

「よくわかったね」

「それ頼むのってアイザック様くらいだから」

視線で指したのは、カウンターにのっているプレーンワッフルだ。スライスした果物と生クリームが共に添えられている。

「今日はマイカは来ていないの？」

「まだ来ていないわ」

「そっか。じゃあ、もう少しで来るかな。お店開いている日は必ず来店してくれているから、今日も来ると思うし」

「うん。来てくれるとおも――」

「なんで夏休みなんてあるの⁉　一生こないで！」

突如として私の声を遮るようにホールからマイカの声が届き、私たちはお互い顔を見合わせた。

「え？」

ルイーザと私の声が重なった。ふたりで厨房からホールへ出ると、今にも倒れそうなくらいに悲壮感を背負ったマイカが扉前に立っていた。

マイヤーヌやお客さんたちも私たち同様にびっくりしているのか、口をぽかんと開けマイカを見ている。

いったい、なにがあったのだろうか？

「ねぇ、マイヤーヌ。どうしたの？」

近くにいたマイヤーヌに声をかけると、彼女は首を横に振り言葉を発する。

「それがわからないの。扉が開いてマイカがいらっしゃったと思ったら、なんで夏休みなんてあるのって叫んだの……」

声のトーンから彼女の困惑さが伝わってくる。

「マイカ、どうしたの……？」

彼女に近づき声をかけると、涙目になりながら「シルフィ様っ！」と抱きつかれた。こんなマイカは、ゲームの世界でも現実の世界でも見たことがない。なにかよほどのことがあったのかも。

「私、夏休みになったら絵の買いつけのために諸外国を巡らなきゃならないんです。そしたら、このお店に来られなくなっちゃいますわ。私の癒しの時間がなくなります」

「あー」

なるほどという感情を含んだ声が、お客さんたちから同時にあがった。

「オルニスのお嬢さん、美術部門の稼ぎ頭だもんなぁ。夏休みなら稼ぎまくれる」

「そりゃあ、本店もここぞとばかりに稼がせるよな」

「気持ちはわかるわ。このお店、居心地いいしカフェメニューもおいしいもん。私たちは仕事

が休みの時に来ているけれど、お嬢さんは学業と仕事の両方。両立するのって大変ね」

うちの店の顧客層は、商人町にあるため商会で働いている人やその家族ばかりなので、マイカの気持ちをくんでくれている人たちが多いみたい。

でも、ルイーザは違った。

「というか、仕事だからしょうがなくないですか？　マイカお嬢様」

マイカの前に立っているルイーザは、腕を組み真っ正面から正論を言うと、マイカが頬を引きつらせた。

「一刀両断しましたわね。さすがドS黒メイド。もちろん、そんなことはわかっています。ですが、私にとってこの店に来ることは癒しなんですよ。夏休み期間中は働きづめで訪問できないなんて！」

絶叫に近いマイカの声が響き渡る。

「でも、オルニス家のお嬢さんの気持ちもわかるわ。私たちも週末にお店が開くのを楽しみにしているし」

「お店でお茶を飲むのが癒しだよね。仕事もそれでがんばれる」

「かわいいメイドさんに給仕をしてもらえて、ちょっと貴族気分が味わえるし」

お客さんたちもマイカに同意してうなずく。

「マイカ、とりあえず立ち話もなんですので座りましょう。どの席がいいですか？」

「じゃあ、五番テーブルでお願いします」

「ちょっと待て！　俺が座っているだろうが。ほかにも席が空いているのに、なぜ俺の席なんだ」

ちょうど窓際の真ん中付近に座っていたアイザックは、マイカの言葉を聞き、両手をテーブルにつき立ち上がった。

眉間にしわを寄せ訝しげにマイカを注視している。

「だって、五番テーブルからは店内をくまなく見られるんですもの。お仕事をしているシルフィ様を見て目の保養に！　アイザック様だってそれ狙いでその席に座っているじゃないですか」

「……いいだろ、別に」

アイザックは顔を染めるとそっぽを向いた。

マイカはアイザックを気にすることなく、五番テーブルへ向かう。すると店内のざわめきも収まったので、私は業務に戻ることに。

彼女のことは気になるけれど、お仕事があるし……。

厨房に用意されているアイザックが注文したワッフルを取りに向かうと、アイザックとマイカが座っている五番テーブルへ向かった。

アイザックはマイカがひたすら話をしているのを黙って聞いてくれているようだ。

「お待たせいたしました。プレーンワッフルです」

私がアイザックの前にワッフルを置くと、彼がお礼を言う。

「アイザック様。夏休み期間中に一時帰国なさったらいかがですか？　ご家族も心配していると思いますし」

「帰国はしない。報告は定期的にしているから問題ないし。それに、俺はウォルガーと天使とみんなで別荘に行く予定があるからな」

「えっ、別荘って天使様も一緒なの？」

「聞いていないのか」

「友達と一緒としか聞いていないわ。仕事があるから断ったし。神のご加護が私にはないみたいだわ……」

マイカはテーブルに伏せると、じめじめと重苦しい空気を背負った。

「マイカ、注文は？　シルフィが待っている」

「……いつものお願いします」

「承知いたしました。ケーキセットですね」

マイカがいつも注文してくれるのは、ケーキと紅茶が一緒になっているケーキセット。ケーキも茶葉も日替わりなので毎回違う味を楽しめると、カフェタイムの一番人気だ。

アイザックもマイカも常連のため、注文するメニューはすでに決まっている。

私はオーダーを聞いた後、厨房へ。

いつも元気なマイカの印象が強いから、落ち込んでいる彼女を見て胸が痛むわ。私にできることってなにかないかしら？　元気になってくれる方法があればなぁ……。

悶々とした頭で厨房の扉を開けると、ふと頭にいい案が浮かぶ。

「あっ、そうだわ！」

私は温度管理されたケーキ専用の冷蔵ボックスからケーキを出すと、プレートに盛る。

本来ならばここまでなんだけれど、私はさらに追加して生クリームと黄色いマカロン、ミントを添えた。

そして、溶かしたチョコレートが入ったコルネでマカロンに笑っている笑顔のマークを描き、今度はプレートに【お仕事がんばってくださいね！】というメッセージを添える。

マイカ、元気になってくれるといいなぁ。

私は銀のトレイにプレートをのせると、テーブル席へと運ぶ。

「お待たせいたしました」

私がテーブルへケーキを置くと、マイカが身を起こしたんだけれど、瞳にはうっすらと涙が浮かんでいるのがうかがえた。

「ありがとうござ……えっ⁉」

マイカは、目の前にあるケーキを見て目を大きく見開くと、私の方へ顔を向けた。

私は唇に人さし指をあて「内緒です」という仕草をすると、彼女は顔を輝かせて何度も首を縦に動かす。

プレートを両手で優しく触れながら、マイカは目尻を下げてにっこり笑った。

「ありがとうございます！　夏期期間中に十大商会内で最高額を稼ぎ出して、またお店に戻ってきますね！」

「お待ちしております」

私は微笑みながら言う。

よかった。元気になってくれて。

ゲーム内でもそうだけれど、マイカはやっぱり元気で明るいのが一番しっくりくるから――。

期末テストも終わり、私が待ちに待った夏休みに突入。

メイドカフェを臨時休業し、私たちは毎年恒例のウォルガーの別荘に向かっている。

今年はルイーザ、マイヤーヌ、アイザックの三人も一緒なので楽しみ。

別荘は私たちが暮らすミニム王国と隣国を隔てている山沿いにあり、夏の避暑地として大人気の場所だ。希少価値の高い花や透き通る綺麗な湖があるから、それを目あてにした別荘が多く立ち並んでいる。

朝方に王都を出発し、まもなく到着予定だ。

人数が多いため、馬車は女子たちと男子たちが乗る二台に分けているんだけれど、今回は王太子殿下の婚約者であるルイーザがいるため、前方と後方には城から派遣された護衛の騎士団付き。

「こんなに護衛がいるなんて。ルイーザって本当に殿下の婚約者なのよね。今さら実感しちゃったわ」

正面に乗っているマイヤーヌがしみじみ言うと、彼女の隣に座っているルイーザが苦笑いを浮かべた。

「仰々しいくらい護衛がいるでしょ？　王都の外に出る時は必ずこんな感じなのよ。王都内は治安もいいから融通が利いて自由なんだけれどね」

「襲撃されたこととかあるの？」

「何度かあるわ。そういえば、襲撃というと、ゲーム内でヒロインは別荘に行く途中で襲撃を受けていたわね」

「えぇ、そうなの。ウォルガールートのシナリオよ。悪役令嬢のシルフィがマイカを亡き者にするために襲撃者を雇った」

ゲーム内では、マイカが別荘に向かう途中に襲撃を受けたが、幸いなことに護衛の騎士により襲撃は阻止される。

生まれて初めての襲撃はマイカの心を恐怖でむしばんだけれど、そこは乙女ゲーム。

夜中、恐ろしさで眠れないマイカのもとにウォルガーがやって来て、恋愛イベント発生。

ふたりは襲撃によって、さらに愛を深めていく。

そして彼は愛するマイカに危害を加えようとしたとして、シルフィに対しての憎しみが強くなり、夜会での断罪につながる。

――マイカがいないから、襲撃の件に関しては大丈夫だと思う。そもそも、命令をした悪役令嬢のシルフィは私だし。私は命令なんて誰にもしていないもの。

「ねぇ、ふたりとも。さっきからゲームや悪役令嬢という不明な単語が聞こえてくるけれど、なにかしら？」

マイヤーヌが尋ねてきたので、私たちは視線を交えてうなずく。

今までずっと一緒にメイドカフェで働いている仲間として、友人として彼女が信用できる人物だとわかるから話すことにした。

ざっくりと私とルイーザの口から語られるのは、前世の自分たちのこと、そしてゲームの世界の話……。

マイヤーヌは静かに私たちの話に耳を傾けている。やがて、聞き終わると静かにまぶたを閉じて再び開けるとゆっくり口を開き、言葉を発した。

「まさか、私たちがマイカに意地悪をする悪役令嬢だなんて。しかも、攻略対象者のルートに入れば、悪役令嬢たちは断罪、没落、追放。そして死亡。というバッドエンドのシナリオ。絶対に嫌ですわね。そんな未来」

「でしょ？　だから、私も警戒していたのよ。マイカのこと。なるべく関わらないようにって。シルフィもでしょ？」

ルイーザの問いに対して、私は大きくうなずく。

私のことを気遣ってくれているし、温かい心を持っている。

「うん。最初はあまり関わらないようにしようって思っていた。でも、お店に来てくれてマイカのことを少しずつ知って……とても優しい人だと思ったの」

「私はゲーム内のマイカは存じ上げませんが、私の世界のマイカは存じ上げています。シルフィを守るならともかく、危害を加えることに加担することは絶対にありません」

マイヤーヌの台詞にルイーザが同調し、何度も首を縦に振る。

「だよね。あの子、シルフィを慕っているし。シルフィが、国が欲しいから買って？って、ねだったら喜んで買うわよ。なんせ、十大商会のオルニス家だから」

国を欲しいと思ったこともないし、そもそも国は売買できるものではないと思う。

「というかさ、危惧するのはマイカじゃなくてエクレールだと思うわ。〝エクレールの方が十分悪役令嬢〟の素質ありよ」

ため息交じりにルイーザが言うと、マイヤーヌが唇を動かす。

「メイドカフェをつくることになった禍根ですものね……貴族にとって領地経営は重要なもの。

そこに手を出すなんて……」

「あれからエクレール、手を出してきてない？」

「えぇ、大丈夫。ありがとう」

エクレール様とはとくに問題はない。ただ、静かすぎて怖い。

「しかし、ゲームのキャラで〝エクレール〟なんて名前の子いた？」

ルイーザに問われ、私はゆっくりと首を横に振る。

エクレール様のようなクセの強い悪役キャラが出てきていたら、きっと覚えているはず。でも、まったく記憶にない。

「いなかったわ。でも、ゲーム内のミニム王国と現実のミニム王国はちょっと違うし……」

「たしかに同じところもあれば違うところもあったわ。シナリオが破綻しているか、シナリオとは関係のない世界なのかな？　ゲームの世界では攻略対象者は全員学園に入学しているのに、王太子殿下は入学していないし。……って、マイヤーヌ、どうしたの？　真剣な表情をしちゃって」

ルイーザが訝しげな表情で隣を見たので、私も視線を追う。

すると、顎に手を添え、思案しているようなマイヤーヌの姿があった。

「シナリオが破綻または、シナリオが関係ないなら問題ないですわ。もしシナリオが運命と呼ばれるものならば、破綻したシナリオをもとに戻す動きが働いた場合が厄介だなぁと思ったの」

「もしかして、運命論？　この世に起こるすべての出来事は運命で決まっていて、人が介入し回避できることではないってやつ」

運命論……？　ルイーザが発した聞き慣れない言葉に対して、私は首をかしげる。

「えぇ、そうなの。〝シナリオどおりが運命ならば、ねじ曲げられた運命をもとに戻そうとする作用が働く〟。つまり、悪役令嬢ルートを回避しても、またなんらかの形で悪役令嬢フラグが立ってしまう。悪役令嬢ルートをまっとうするまで……」

「映画のような話ね。壮大すぎて混乱しそう」

その理論をはっきりと説明することはできないけれど、なんとなく把握はできた気がする。

もし、その理論が現実にあるならば、私の身にこれからシナリオどおりの物事が起こるのかも……。

「ごめんなさい。深く考えるのが癖なの」

「マイヤーヌ、めっちゃ頭いいもんね。ラルフと一緒でさ。秀才同士」

ルイーザのからかうような口調に、マイヤーヌは頬を染めた。

あっ、かわいいなぁ。つい、頬が緩んだ。

「いいなー。私も殿下のことを好きになれればなぁ……。あっ、そうだ。今夜、女子だけで恋愛トークしようよ。ラルフとの進展も気になるし、シルフィがアイザックとどんな感じなのかも気になるわ」

「わ、私は……その……」

唐突にアイザックの名前が出てきたため、私は体温が一気に上昇するのを感じる。胸の鼓動が高まり、私たちの前方の彼が乗っている馬車が気になりだした。エクレール様の件で颯爽と現れて助けてもらったことや、アネモネの髪飾りのことなどが頭に浮かんでくる。

そのため、余計に血液の流れが速くなり、私は恥ずかしくて両手で顔を覆いたくなった。

前世の恋愛経験のなさがあるから、まったくポーカーフェイスを気取る余裕がないのだ。

「赤くなってるー。うらやましい。私も好きな人が欲しーーいっ！」

突如として馬車が急停止したせいで、私たちに衝撃が走る。

車内には不穏な空気が流れ、馬のいななきが外から聞こえた。それから、男性の叫び声も……。

「馬車に不調でもあったのかしら？」

私が窓に手を伸ばしかけると、「シルフィ、絶対に外に出るな！」というアイザックの感情的な声が届いた。

体が金縛りにあったかのように動かない。

なにが起こっているの……？　アイザックやウォルガーは無事なの……？

今すぐ扉を開けて彼らの安否を確認したい衝動に駆られ、扉に手をかけるとルイーザの手が私の手を掴んだ。

「ダメよ。おそらく襲撃を受けているわ」

「そんな！」

「絶対に開けないで。外は危険よ。足手まといにならないように中にいた方がいいわ。アイザックたちは大丈夫。護衛の騎士たちがいるもの。城の騎士団で精鋭部隊だから安心して」

「……うん」

『足手まとい』という言葉がぐるぐると頭を回る。

たしかにルイーザの言うとおりだ。私は剣を握って戦うことができない。できるのは、邪魔にならないようにじっと神様に祈ることくらいだろう。

うなずくと扉から手を離し、席へ戻った。それを見届けると、ルイーザは青ざめて震えているマイヤーヌを励まし始める。

私は手を組み彼らの無事を祈りながら、再び扉が開かれることを願った。

どれくらいの時間が経っただろうか。再び静寂が場を包み始めたことに気づく。沈黙がこんなにも恐ろしいものだなんて、生まれて初めて知った。

「アイザック……」

つぶやくように彼の名を呼べば、馬車の扉が開かれアイザックが姿を現した　彼も戦闘に加わったのだろうか。衣服には所々にどす黒いシミが広がっているし、手や頬には血液と思われるものが付着している。

「無事か？」

声を聞いた瞬間、私は飛びつくようにしてアイザックに抱きついた。安堵のためか、瞳からは涙が出て止まらない。アイザックが無事だったことを確認するように、私は彼をぎゅっと抱きしめる。

本当に無事でよかった。身が切り裂かれるようなあんな思いは二度としたくない。

「シルフィ。もう大丈夫だから」

アイザックは私を安心させるように落ち着いたトーンで声をかけながら、私のことをきつく抱きしめ、空いている手で何度も優しく背をなでてくれた。

「怪我は……？」

「してない。ウォルガーも無事だ」

「全員無事でなによりね」

ルイーザが大きな息を吐きながら言うと、アイザックが「あぁ」とうなずく。

「現状をうかがっても？」

「何者かに襲撃されたが、俺や護衛の騎士で対処した。負傷者は騎士二、三名。応急処置している。傷は深くはないので心配不要だ。念のために別荘や敷地内の調査をするつもりでいる」

「殿下の婚約者である私が狙い？」

「……そう言っているが、どうもおかしい。腑に落ちない点があるんだよ。ウォルガーが城へ報告がてらに騎士の増援を頼んでいる」

「なにかわかったら知らせて」

「わかった。必ず知らせる。俺は尋問に加わるのでシルフィのことは任せる。それから窓は開けない方がいい。外は君たちが見るべきものではないから」

アイザックはそう言うと、私を一度きつく抱きしめて身を離した。

「シルフィ、また後でな」

私の頬をなでると、扉を閉めて立ち去っていく。

彼の足音が遠くなるにつれ、私の心は不安に揺れていった。

第十章　乙女ゲームのイベントのような甘いひととき

別荘に到着後。

本来ならば、楽しくお茶会や散策して夏休みを満喫しているはずなのに、襲撃事件のせいでそれどころではなくなった。

アイザック、ウォルガー、ルイーザは、襲撃犯についての調査や屋敷との連絡をするなど、慌ただしく動いていた。私とマイヤーヌは邪魔にならないよう、騎士たちの護衛付きで静かにサロンで過ごした。

空が黒く覆われ星々が輝く頃になっても、三人は戻ってこず。夕食を食べる気力もないため、私は早めに与えられた部屋にこもっている。

「なんでこんなことになったんだろう……マイカがいないのに襲撃なんて……」

私は嘆息を吐きながらカーテンを少し開けてみた。空は真っ暗に染まっている。その下では所々明かりがうかがえ、騎士たちが警備にあたってくれていた。

既視感あふれる光景は、ゲームでプレイした静止画と同じまま。

ヒロインのマイカは騎士たちを見て昼間の襲撃の恐怖を身に感じ、ウォルガーのもとを訪れ恋愛イベント発生。ウォルガーは彼女に気持ちを伝え、彼女を守ると強く誓う。

「私が見ているこの光景もゲームと同じ。これは偶然？」

寝衣に身を包んでいる私は眉を下げ、不安に包まれていた。

部屋で鳴る些細《ささい》な物音にすら恐怖を感じて、身をびくつかせてしまう自分がいる。

このまま安眠なんてできないから、持ってきた本を読みながら朝まで過ごすしかない。

私は再度嘆息を吐き出すと、ベッドの上に置いてある薄手のカーディガンを手に取り、寝衣の上に羽織る。

「少しでも落ち着けるように蜂蜜たっぷりのミルクティーをもらってこよう」

私は扉を開けた。すると、廊下は壁上部に設置されている燭台によって、温かなオレンジ色の光に包まれていた。

静寂のため、まるで世界に自分しかいないような感覚になって怖くなっていると、「シルフィ？」という耳になじんだ声が届く。

声を聞いただけで、安心して全身の力が抜けていった。

「アイザック」

声のした方向へと顔を向けると、手に書類を持っているアイザックがいた。

「どうした？」

「怖くて眠れないから……ちょっと……」

「もしかして、ウォルガーの所に行くつもりだったのか？」

アイザックが沈痛な表情を浮かべだしたので、私は大きく首を横に振って否定した。

「眠れないからミルクティーをもらいにいくところだったの」

「……そうか、よかった。てっきりウォルガーの所に行くのかと」

「どうしてウォルガーが出てくるの？」

まったくウォルガーのことを想像していなかったので、不思議に思い理由を聞いてみた。

ちょっと前に玄関ホールで見かけたけれど、真剣な表情で騎士と話し合いをしていたから声をかけていない。今現在どこにいるか不明なので、会いにいくにも行けないし。

「婚約者だし強い信頼関係を築いている」

「私もウォルガーも婚約者という肩書きは持っているわ。でも、そういう色恋はまったくないの。もちろん、家族に近い存在だから信頼関係はある。それに——」

言葉がこれ以上続くことはなかった。

アイザックのことが好き——。

そう伝えることは今の私にはできないからだ。私の婚約は陛下の御心で決められたものなので、当人同士の意思は関係ないし覆すことは不可能に近い。

それに怖かった。

好きだと告げた時の彼の反応が……。

気まずくなり、微妙な距離ができてしまうかもしれない。そう考えると、告白することに対して前向きにはとらえることができなかった。

「シルフィ？」

心配そうなアイザックの声に対して、私は首を横に振る。

「なんでもないの。それより、外に騎士たちがいるのを見たわ。夜も見回ってくれているのね。休憩とか大丈夫かしら？」

「増援してもらったから交代制で休めているよ。警備の人間も多いからまた襲撃されるということはないだろう。だから、安心してくれ」

アイザックはそう言うと、腕を伸ばして私の頭をなでた。

「少し眠った方がいい。怖くて眠れないのならば、眠るまでそばにいるから」

「でも、忙しいんじゃや……？」

アイザックの手中にある書類を見ながら、私が言えば彼は肩をすくめる。

「問題ない。俺の最優先はシルフィだから。さぁ、中に入ろう」

扉を開けてもらって部屋の中へ。

私がベッドに横になり布団をかけたのを見届けると、彼はそばにあった椅子に座った。

「ねぇ、アイザック。お願いがあるの。いい？」

「もちろん。なんだ？」

「手を握ってくれる？　静寂が怖いの。まるで世界に自分以外誰もいないように感じてしまって……」

私は横向きになり布団から手を出すと、アイザックは腕を伸ばして手をつないでくれた。

大きな手のぬくもりは心地よくて安心する。日向ぼっこをしているかのように、心身共にリラックスできているので眠れそう。

アイザックがそばにいてくれるだけで心強い。

「シルフィが無事で本当によかった」

「アイザックも怪我をしないで、無事でいてくれてよかったわ。小さな頃に願ったとおり、すごく強くなったね。あの時、アイザックが言っていたように私やウォルガーを守ってくれた。頼もしいわ。でも……」

私は馬車の中でのことを思い返す。

あの時は生きた心地がしなかった。アイザックが無事なのかどうかが気になって。

私は空いている手を伸ばしてつないでくれているアイザックの手を包む。

「お願いだから無茶しないでね。アイザックになにかあったら、私……」

想像しただけで胸が張り裂けそうになり、視界が滲んでくる。

失いたくない。アイザックのことを。

「シルフィ」

熱を含んだ声で私の名を呼んだ瞬間、部屋をノックする音が室内に届いたので、私たちは同時に手を離した。

角を曲がったらちょうど人と遭遇した時のように、心臓がびっくりして早鐘を打っている。

「シルフィ、寝ちゃった……？」

ひっそりとした控えめな声が扉越しに聞こえてきた。この声は、マイヤーヌだ。

「お、起きているわ！」

私はすぐさま身を起こして返事をすると、ベッドから出た。

乱れた髪をさっと手で直すと扉を開ける。

「急にごめんなさい。ひとりで怖くて眠れな――」

マイヤーヌはアイザックを捉えたのか、顔を真っ赤にさせた。

「本当にごめんなさい。お邪魔してしまって」

「いや、かまわない。マイヤーヌも眠れないのか？」

「えぇ。シルフィと一緒に眠ろうかなと思って……でも、戻ります。本当にお邪魔してごめんなさい」

マイヤーヌは鼻の頭に汗をかきながら早口で言いきると扉を閉めようとしたため、アイザックが椅子から立ち上がった。こちらに来てマイヤーヌの前に立つと唇を開く。

「シルフィと一緒に眠るといい。シルフィも襲撃の件で眠れなかったから、俺が付き添っていたんだ。マイヤーヌが一緒にいてくれるなら、俺は出ていくよ」

「ですが……」

「気にしなくてもいい。シルフィのことを頼む」

アイザックがマイヤーヌの横をすり抜け廊下に出ようとしたので、私は慌てて彼の腕に触れて止める。

私の腕と違って彼の腕はがっしりしていて、たくましかった。

「付き合ってくれてありがとう。おやすみ」

「おやすみ。いい夢を。マイヤーヌもゆっくり休むといい」

「えぇ、アイザック様も」

アイザックは軽く手を上げると、扉の外へと消えていく。

私は寂しさを感じながらマイヤーヌをベッドへと促した。

——少し眠れたかな。

カーテンの隙間から漏れている朝日が室内に光を届ける中、窓越しにかわいらしい小鳥のさえずりが聞こえる。

浅い眠りだったかもしれないけれど、眠れただけでよかった。

私はベッドに横たえている体をゆっくりと起こし、隣に眠っているマイヤーヌを起こさないように静かに抜け出て、洗顔や着替えなどを済ませ身支度を調えた。

喉が渇いているので水をもらいに廊下へ出た。「おはよう」という声をかけられ、私は悲鳴をあげてしまいそうになるのをぐっとこらえる。

全力疾走した時のように速まっている心臓の鼓動。それを落ち着かせるように胸を押さえながら、声のした方に顔を向けるとアイザックの姿があった。

扉の横で壁に背を預けて腕を組み、こちらを見ている。

「お、おはよう……もしかして、夜通しで見張っていてくれたの？」

「あぁ」

「ごめんなさい！　全然、私気づかなくて」

襲撃の件で忙しかったのに、体を休めないで見守ってくれていたなんて。私だけ眠ってしまって申し訳なく思った。

「ねぇ、アイザック。少し休んで。立っているだけでも疲れるでしょ？」

「これくらいなんともないよ」

「でも、少し休んで」

「あと一時間後くらいにサロンでウォルガーと合流する予定なんだ」

「なら、少しでも……」

私は彼の腕に手を添えて懇願するように言うと、彼はしばしなにか考えると口を開く。

「なら、少しサロンで仮眠を取ろうかな。シルフィ、膝を貸してくれるか？」

「お安いご用よ。でも、ソファじゃなくてちゃんとベッドで休んだ方がいいと思うわ」

「ソファで十分だよ。お願いできる？」

「えぇ。じゃあ、サロンに行きましょう」

私とアイザックは一階にあるサロンへ向かった。

サロンは落ち着いた調度品で整えられており、窓からは心地よい風が入ってきている。

自然豊かな所だから、空気も澄んでいておいしい気がするなぁ。ぐるりと囲むように木々が植えられ、綺麗な色をした小鳥が数羽止まっているので見飽きない。

——仮眠を取るならカーテン閉めきった方がいいよね。明るいと眠れないだろうし。

「アイザック、カーテン閉める？」

「そのままで問題ないよ」

「わかったわ」

そのままの状態にしておき、途中で会ったメイドに入れてもらった紅茶をサイドテーブルに置くとソファに腰を下ろした。

「どうぞ」

「ありがとう」

アイザックは私の膝に頭をのせるような形で横向きになると、まぶたを伏せる。

綺麗な漆黒の髪だなぁ。さらさらしていそうだし。私も前世では黒髪だったけれど、まったく違う。アイザックの髪は艶々としていて、なんとも言えず綺麗だ。

ん ー……手持ち無沙汰なので、本でも読もうかしら。

私はサイドテーブルに二、三冊置かれていた本を手に取ると、一冊選んで読み始める。

しばらく経つと、少し手が疲れてきたので、本を閉じてサイドテーブルへと戻す。それから、寝息が聞こえてくるのに気づく。

視線を落とせば、アイザックが眠っているのが見えた。

「よかった。眠ってくれて……なんか、眠っているアイザックってかわいいなぁ。小さな頃を思い出すわ」

入学式では誰？と思うくらいに変わっていたけれど、寝顔はあどけなさを残しているため、初めて出会った時のことを思い出す。

懐かしさを感じながら、手を伸ばして彼の髪を梳くようになでた。

しばらくこのままの時間を堪能したい。彼とふたりの時間を——。

叶わない恋。アイザックへの想いは、私の胸の内に残しておかなければならないだろう。

私とウォルガーの婚約は陛下が決めたこと。両家が反対しても覆らない。

抗うことができない現実のせいで気分がだんだんと落ち込んでくると、控えめなノック音が聞こえた。

声を出しても大丈夫かしら？　起きないかな？

と迷っていると、ゆっくり扉が開き、ウォルガーが部屋の外から中を覗き込んできた。

彼は声を出さず、ゆっくりと口を動かしている。

なにを言っているの？

首をかしげると、ウォルガーは指で下を何度か指すジェスチャーをしていたので、なにを言いたいのかわかった。

きっと、アイザックが寝ているのか？って、聞いているんだと思う。

私がうなずくと、ウォルガーは気配を消してこちらにやって来た。

床に敷かれている毛足の長い絨毯が衝撃を吸収するため無音に近いので、アイザックは眠ったままだ。

「メイドに聞いた。アイザックが仮眠を取るって」

「うん、そうなの。昨日、ずっと廊下で見守ってくれていたから」

「知っている。見張りがいるから、シルフィは大丈夫だって言ったんだけれどな。昨日の襲撃、アイザックもショックが大きかったのかもしれない」

「……そうなんだ」

ありがとう、アイザック。

私は彼の頬に触れながら、心の中で感謝の言葉を述べる。

「あのさ、シルフィ。俺たちの婚約って生まれてすぐ決まったよな」

「そうね」

「今まで居心地のいい関係でなにも問題なかったけれど、そろそろちゃんと考えなきゃならない時期にきていると思うんだ」

ウォルガーから急に真面目なトーンで言われ、私の心がざわりと音を立てた。

「どういうこと……？」

「俺たちの婚約について今まで話したことがなかっただろ」

「ぇぇ」

「陛下の御心のまま、生まれてからずっとお互い結婚することが決められていた。でも、俺はシルフィのことを家族同然に大切に思っているから、幸せになってほしい。そのためなら、いくらでも協力するし力になる」

「どうしたの？　急に。私も同じ思いでいるわ」

「シルフィ、好きな奴いるんだろ？」

「えっ」

私はつい反射的にアイザックの髪をなでていた手を止めた。

「気づくよ、ずっと一緒にいたから。そいつなら、俺も安心してシルフィのことを任せられる」

「私たちの婚約は陛下の御心で決まっているわ。四大侯爵だからといってやすやすと破棄できない。私たちは陛下の臣下だから」

「それは大丈夫」

「どういうこと？」

「あー。今は詳しく伝えることはできないんだ。でも、とにかく心配しなくてもいい」

「私のことより、ウォルガーは好きな人いるの？　聞いたことがなかったけれど」

社交界でも学園でも男女問わずに仲がいいから、いろいろな人と一緒にいるのを見かける。

でも、最近学園内ではマイカと一緒にいるのを見かけることが多いかな。

「実はいるんだ。最初は絶対に恋愛対象にならないって思っていたのに、気がついたら好きになっていた。自分でも驚いている。おそらく波乱の恋だと思う」

波乱の恋？　なんか、不穏なフレーズだわ。

ウォルガーに好きな人がいることを知り、ほんの少し寂しくなった。

今まで家族同然のように過ごしてきたから、私との間に距離ができるような気がして……。

好きな人がいるそぶりなんてまったくなかったし。

でも、寂しさよりもウォルガーの幸せを望む気持ちの方が強い。できれば好きな人と両想いになってほしいなぁと思う。

学園の生徒かどうか尋ねようとすると、伏せていたアイザックのまぶたが上がり綺麗な海色の瞳と視線が交わった。

「悪い。うるさかったな」

「ごめんね。起こしちゃったわ」

「いや、ふたりじゃない。誰かこっちに来る」

「え？」

私とウォルガーが耳をすます。たしかに駆けてくる足音が近づいてくるのに気づく。なにか叫んでいるようで、女性の声が聞こえる。

あれ……？　この声って……。

声の主が頭の中に浮かんだ瞬間。サロンと廊下を隔てている扉がバンッという乱暴な音を立てて開け放たれた。

「シルフィ様、ご無事ですか⁉」

絶叫に近い声をあげて室内へと入ってきたのは、肩で大きく息をしているマイカ。

「マイカ？」

「マイカ？」

突如として現れたマイカに対して、私もウォルガーも裏返った声をあげた。

たしか彼女は、夏休み期間中は絵の買いつけなど海外をいろいろ回って仕事をしているはず。どうしてここにいるのだろうか。

「たまたま一時帰国したら、部下からシルフィ様の襲撃の件を伺いました。いてもたってもいられ……んっ？」

マイカは少し顔を下げて私の膝で休んでいるアイザックの姿を見ると、ぎょっとした。

「ちょっと！　なにしているのよ。シルフィ様の膝の上で寝るなんて百年早いわ。どきなさいよ」

「それより、マイカの部下はどっから情報を得たんだよ。極秘扱いのはずなのに」

「商人の情報網をなめてもらっては困るわ。情報は金と同等レベルよ。犯人の目的はなに？やはり王太子殿下の婚約者であるルイーザ様なの？　というか、さっさとどきなさいよ」

マイカがアイザックの腕を両手で掴んで引っ張るが、まったくびくともしない。そのため、マイカのまとっている空気が張りつめだしたのが伝わった。

「マイカ。落ち着けって。アイザックがシルフィや俺たちを守ってくれたんだぞ。ご褒美くらいいいいじゃないか。昨夜もシルフィの部屋の前で寝ずに警護してくれたんだぞ」

「シルフィ様を助けてくださってありがとうございます。謝礼をお支払いいたしますので、さっさとおどきになってください。なんなら場所を譲って。五千ルギをお支払いいたしますので」

「ご、五千ルギ……」

日本円に換算したら、五千万円くらいなんですが。

私の膝枕にそんな価値はない。膝枕ひとつでそれくらいのお金が稼げるのならば、私はお金持ちになっている。

「たしかにそれくらいの価値はあるな」

アイザックが身を起こしながら言ったので、私は頭痛がした。

「ないよ！」

「ある」

ふたりはここぞとばかりに息を合わせて声を重ねる。

お店でも学園でも険悪な時が多いふたりだけれど、時々息ぴったりの時があるんだよね。

「ねぇ、ウォルガー。なんとか言って」

「無理。言っただろ？　波乱の恋だって」

苦笑いを浮かべているウォルガーを見て、私は目を大きく見開く。

ウォルガーの好きな人ってマイカだったの？　まったく気づかなかった。あれ、でも……ウォルガーがマイカのことを好きになり、マイカもウォルガーのことを好きになったら、断罪、没落、追放、死亡エンド、死亡エンド⁉

死亡エンドのフラグ回収は嫌だけれど、ウォルガーの恋は応援したい。

私はウォルガーを一瞥すると、彼はマイカとアイザックの間に入って取りなそうとしている。

きっと大丈夫だろう。このふたりならば、ゲームのような最悪なエンディングにはならない――。

「マイカ、朝食はまだかしら？　よかったら、みんなで一緒に食べましょう」

「よ、よろしいのですか⁉　シルフィ様のお隣で朝食なんて恐悦至極です」

「シルフィの隣は俺だ」

「私ですわ」

「えっと……私、マイカの朝食を用意してもらうように伝えてくるね」

立ち上がると、マイカの慌てた声が聞こえてきた。

「シルフィ様のお手をわずらわせるようなことは申し訳ないです。そのようなことはアイザック様がいたしますので」

「なんで俺なんだよ。そこは自分が行くって言うんじゃないのか」

「シルフィ様と同じ空間にいるのに、私が自分からこの部屋を出ていくと？　えっ、本気で思っているんですか。私がこの状況をむざむざと自分から放棄するって？　ないわー」

「だよな」

アイザックとウォルガーは同時に言うと、肩を落としながら、ため息を吐き出した。


朝食はマイヤーヌとルイーザも合流し、六人で食べることになった。

食堂には私を挟むようにアイザックとマイカ、食卓越しにルイーザたちが三人座っている。

クロスがかけられた食卓には、焼きたてのパンや具だくさんの野菜スープ、魚のムニエル、サラダなどの朝食が並んでいる。

おいしい朝食を取りつつ、みんなおしゃべりをしながら食べていた。

「しかし、マイカがいらっしゃっているなんて驚きましたわ」

「ねー。私もサロンで見てびっくりしたわ。情報早いわね。極秘情報にしているのに」

マイヤーヌとルイーザが言いながらマイカを見ると、マイカは胸を張った。

「商人は情報が命ですので」

「たしかにね。どう？　がっつり稼いでいる？」

「もちろんです。過去最高利益を生み出せるくらいに稼いでいます。夏休み前に天使様に祝福を受けましたからね」

「景気よくていいじゃない」

「えぇ。おかげ様で。ぜひ美術品の要望があれば、うちに」

「きっちり宣伝。抜かりがないわね」

ルイーザが笑った。

マイカ、お仕事が終わったのかしら？　もし終わっていたら、このまま別荘に滞在してくれると、ウォルガーも喜ぶかも。

「ねぇ、マイカ。お仕事終わった？　もし、終わってお時間があるなら、このまま別荘に滞在しませんか？」

「ありがとうございます。シルフィ様のお誘いうれしすぎますわ。ぜひ！」

「いや、無理だろ。仕事があるから昼前には帰してほしいって、商会の人間から聞いているぞ」

「うっ。なぜ、それを」

マイカはブリキのロボットのように、硬い動きでアイザックの方を見ると、彼は深いため息を吐き出す。

「君の後を追ってきた君の部下がなげいていたぞ。いま、別室で朝食を取っている」

「まさか追っ手が来ているなんて。どんな人ですか？」

「この間、うちに絵を持ってきてくれた人だな」

「……その人、私の右腕ですわ。あー……なら、逃げられないわね」

絶望的な声をあげながら、マイカは両手で顔を覆ってうつむく。

「アイザック、マイカから絵を買ったの？」

「ちょうどシルフィが好きそうないい絵があったから、買ったんだ。今度、うちに見にきてくれ」

アイザックは、私の問いに微笑みながら答えてくれた。

「うん。ぜひ！　楽しみにしているね」

「あぁ」

どんな絵なのだろう。すごくわくわくするわ。風景画かしら？

私とアイザックのやり取りを聞くと、マイカはピクリと眉を動かし私越しにアイザックを見た。

あっ、空気が……。

メイドカフェで何度も感じたことがあるのでなんとなくわかる。これから、ふたりは絶対に荒れる。

「まさか、絵を口実にシルフィ様を屋敷に誘うなんて！　私もシルフィ様とご一緒に参りますわ。男はオオカミと言いますから、危険ですわ」

「絵を口実になんてしていない。そんなことをしなくても、シルフィを誘える。それから、言わせてもらうが、すでにシルフィはうちに何回か遊びにきている」

「自慢ですか」

やっぱり始まった。

マイカは勢いよくパンをちぎりながら、目を細めてアイザックを睨んでいるが、彼は気にするそぶりをまったく見せず、淡々と朝食を取っている。

く、空気を変えなければ……。

「ねぇ、みんな。朝食が終わったらバラの迷路に行かない？　別荘の庭にあるの」

「いいな、それ。シルフィ、毎年楽しみにしているもんな」

「シルフィ様が毎年楽しみにしているものですか？　私もぜひ。あっ、どうせならば競争しませんか。ふたりずつに分かれて」

マイカが手を上げて元気に提案しつつ、意味深な雰囲気をまといながらちらりと私の方を見たので視線が合った。

広大な庭園の一角にバラの迷路はあった。

庭師が丹精込めて手入れしてくれている迷路は、私たちが子供の頃につくられたもの。今もまだ現役で色彩豊かなバラが咲き誇っている。

私たちは迷路の入り口付近に立っていた。

「――な、なぜ二番。ここは一番を引くべきでしょ⁉　私！」

マイカは自分自身が手にしている木札を見つめながら震えた声で言う。

マイカの『ふたりずつに分かれて競争』という提案を受け、私たちはチームを決めるために木札に数字を書きくじ引きをすることに。

私とアイザックが一番。マイカとウォルガーが二番を引いたため、残りのマイヤーヌとルイーザは必然的に同ペアとなる。

「よかったな、ウォルガー」

アイザックはウォルガーの肩を叩きながら小声で言うと、ウォルガーがうれしそうにうなずきながら、「アイザックも」と言う。

ウォルガーはマイカのことが好きだから、この順番でよかったなぁと思った。彼女が別荘に滞在できるのは、昼までなので時間が限られているから余計にそう思う。

私もよかった……アイザックと一緒で。

手にしている木札の番号を見て頬が緩む。

「残った私とマイヤーヌがペアね。残念だわ。シルフィと一緒の番号ならば、札をマイカに売却できたのに」

「喜んで高額買い取りさせていただきます」

「ルイーザもマイカも売買しないでください」

マイヤーヌがあきれた顔をしている。

「じゃあ、チームが決まったのでさっそく始めるか。ルールは単純明快。三チーム時間差で出発して先にゴールしたチームが勝ち。じゃあ、さっそくシルフィたちどうぞ」

私はうなずくとアイザックと共にバラの迷路へと足を踏み入れた。

迷路には色とりどりのバラが咲き誇り、私たちの姿を外から隠してくれている。

ふんわりと鼻孔に漂ってくる濃厚なバラの香りとみずみずしい森の香りが混じり合って、心身をときほぐしてくれている。

競争じゃなくて、ゆっくり歩きたい気分だ。

懐かしいなぁ。昔、ウォルガーとラルフと三人でよく競争したっけ。

「シルフィは迷路が好きなのか？　朝食の時に、ウォルガーがシルフィが楽しみにしているって言っていたから」

「えぇ。初めてウォルガーの別荘に連れてきてもらった時から好き。小さい頃、よくウォルガーとラルフと競争してすごく楽しかったの。意外なことにラルフが一番はまっていたのよ」

懐かしいなぁ。ちょうどアイザックと出会う前だったかも。

一番先にゴールをした人が特別なおやつがもらえるという、おやつをかけた競争をしていた。特別といってもケーキに添えているフルーツが一個多いとか、おまけ程度だったけれど。

でも、当時の私たちはその細やかな幸せが大きな幸福だった。

「……そうか」

アイザックが寂しそうに笑って言ったのを見て、私はつい足を止めてしまう。

「ごめんなさい。私、なにか……」

「いいや、違うんだ。五年の月日の重みは大きいなぁと。自分で願いが叶うまで会わないって決めたのに、その間のシルフィをそばで見ることができなかった。仕方がないことなんだけれど、それがとても身に染みる。シルフィの思い出に俺はいない」

それは私も一緒だ。アイザックについて知っているのが五年前の約一ヶ月の間と入学してから今までの期間のみ。

もちろん、手紙のやり取りはしていた。でも、やっぱり直接顔を合わせるのと文面のみでは全然違う。

「あのね、アイザック。私も同じよ。きっと五年間でアイザックと楽しかったことを共有している子たちがいたと思うの。その子たちがすごくうらやましいわ。あなたの隣で同じものを見たり感じたり……離れている私はできなかった」

私は心を吐露しすぎたことに気づき、口をつぐむ。嫉妬したと遠回しに言ってしまっているじゃないか。

私がアイザックのことを好きだって気づかれたかな……？

顔を上げてアイザックを見ると、彼は頬を染め、片手で顔を覆うように押さえている。

「シルフィ。俺、そういうこと言われると、勘違いして期待するよ。まるで嫉妬しているように感じるから。おそらく、純粋に寂しいって言ってくれていると思うんだけれど」

「そ、その……それは……」

嫉妬していたので勘違いではない。

料理や服飾に関する前世の知識はあるのに、恋愛に関するスキルがないから前世の知識が使えなかった。

どうしよう……頬が熱くなり、胸がぎゅっとする。

頭の中が迷路のようにぐるぐるし始めた。

「シルフィ。大切な話があるんだ」

真剣な顔をしたアイザックは、私を真っすぐ見つめた。

青い瞳が私を捉えているのを感じ、鼓動が大きく跳ね、妙な緊張感に包まれたので、姿勢を正してしまう。

「シルフィと初めて出会ったあの頃から俺は——」

「シルフィ様。どちらにいらっしゃいますか？　オオカミとご一緒なので心配です」

アイザックの言葉に重なるようにして、マイカの声が覆う。

大切な話を途中で遮られたため、アイザックは不完全燃焼状態のせいか固まっていた。

声は私たちがいる場所の斜め右方向から聞こえてきているけれど、バラの生垣が壁となっているためふたりの姿は見えない。

ただ、人の気配はひしひしと感じる。

「あいつはなぜこのタイミングで……！」

アイザックが頭をかかえだした。

「マイカ待てって。アイザックとシルフィは今ふたりきりなんだから、邪魔しちゃダメだよ。ちなみに俺たちもふたりきりだ」

「えぇ、そうですわね。ふたりずつ分かれたのでふたりですわ。それより、シルフィ様の件です。天使様がオオカミに襲われたらどうするおつもりで？」

「アイザックを信じてやってくれ。五年も一途なんだ」

「私もずっと人知れず物陰から天使様を見守ってきました」

「物陰……隠れていたのか」

「ウォルガー様、この迷路を攻略できないのですか？　シルフィ様のもとに向かいたいのですが」

「バラの迷路は庭師が毎年少しずつ変えているんだ。だから、わからないよ」

私はウォルガーとマイカの会話に気を取られた。私たちを捜しているみたいだけれど、こちらからふたりのもとに行った方がいいのかな？　でも、ウォルガーはマイカのことが好きだから、ふたりでいたいだろうし……。

「シルフィ」

ぼんやりとしていると、突然、耳もとでささやくようなアイザックの声が聞こえてきたため、私は体温が上昇したのを感じる。

マイカのことを考えていたため、無防備になっていたところにアイザックの低い声は反則だ。どきどきと速まっている胸を押さえながらアイザックを見ると、唇に人さし指をあてている。

ジェスチャーで先に進むように促されたのでうなずいた。

どうやら静かに先に進むらしい。

私が一歩前に足を踏み出そうとしたら、アイザックの腕が伸び私の手を掬うように触れてつながれた。

そのせいでただでさえ速まっていた鼓動がますます速まってしまう。

手をつないでいるため必然的に距離が縮まっている。こちらの鼓動の速さに気づかれないようにと願いつつ、私は彼にリードされる形で先に進んだ。

結局、バラの迷路は私とアイザックのチームが一番にゴールした。

その後、みんなでお茶会をするうち、あっという間にマイカを見送る時間になった。

私たちはオルニス家の紋章が入った馬車の前へ集まり、彼女とお別れの挨拶をしている。

「マイカ、道中気をつけてね」

「お気遣いありがとうございます。シルフィ様もどうか御身お気をつけてくださいませ。まだ襲撃の依頼者が不明だそうですから」

マイカが馬車の窓から顔を出して言う。

彼女の反対側の席には、マイカの後を追ってきた彼女の部下が腰掛けている。

ついさっきまで、私たちのそばにマイカと彼女の部下がいたんだけれど……。

マイカが『まだ帰りたくない！　仕事したくない！　天使様と一緒にいる！』と、ごねまくったものだから——。

結果、マイカはその部下により、強制的に馬車に乗せられたのだ。

そのため、馬車越しのお別れとなっている。

「ありがとう。騎士の皆さんがいてくださるから大丈夫よ。でも、気をつけるね」

「えぇ。本当にお願いします。私、襲撃の件を聞き、心臓が止まるかと思いましたわ。ドS黒メ……ではなく、ルイーザ様。シルフィ様のことをよろしくお願いします。一番この中で修羅場くぐっていてメンタル鋼っぽいですので」

「あんた、ほんといい根性しているわ。シルフィのことは気にせずさっさと王都に戻りなさいよ。あんたが帰りたくない！とごねたせいで時間が押しているんだから」

「ドSなだけじゃなくて、毒舌もプラスされましたわね」

「なにか言ったかしら？」

ルイーザがマイカに顔を寄せてにっこりと微笑むと、マイカはさっと視線を逸らして顔を青ざめ始める。

「えっ、近い……怖い……」

「とにかく、マイカ。シルフィのことは俺たちがいるから大丈夫だって。心配するな」

「えぇ。ウォルガー様、お願いしますね」

マイカは不安が消えないのか、顔色が冴えない。

「あっ、そうだわ。マイカ。これよかったら」

私は手にしている花柄の布に包んである物を渡すと、彼女が不思議そうに首をかしげる。

「シルフィ様、これは……？」

「サンドイッチ。道中に食べて。お昼ご飯食べないで出立するって聞いて、急いで作ったの。御者さんたちの分も入っているわ」

お別れ前のお茶の時間に厨房を借りて作っておいたものだ。サンドイッチなら片手で軽く食べられるし。

「ありがとうございます。私のために……！　食べずに飾っておきたいですわ」

「できれば食べてほしい。一応、保冷剤代わりに凍らせた果物を入れているから早めに食べてね」

「シルフィ様の手作りサンドイッチ」

マイカは受け取ると、なぜがアイザックの方へ荷物を掲げ持ち誇らしげな顔を浮かべた。一方、アイザックは、苦々しい表情で彼女を見ている。

「では、皆様。お嬢様の急な訪問を歓迎してくださって、ありがとうございました。私共はそろそろ……」

御者の声を聞き、私たちは馬車から少し離れる。

「道中お気をつけて」

「ありがとうございます。さぁ、お嬢様。そろそろお時間ですよ。皆様に最後のお別れをしてください」

「わかったわ。では、名残惜しいですが、私は王都へ旅立ちますわ。シルフィ様、お土産をたくさん買って参りますわね。癪《しゃく》だけれど、アイザック様。この中で一番強いと思いますのでシルフィ様のことを頼みます」

「もちろんだ。シルフィのことは俺が必ず守る」

アイザックは力強くうなずくと私の肩に手を触れ、こちらを見た。

彼の瞳とかち合うと、目尻を下げ優しく目を細められてしまう。

気恥ずかしいけれど、ずっと見ていたい自分がいる。

「ちょっと待って。なんで気軽にシルフィ様に触れているんですかっ!?　しかも、シルフィ様と見つめ合っちゃっているし。やっぱり、残るーっ！　シルフィ様がオオカミの餌食になってしまいますもの。それにひとつ屋根の下なんて危険極まりないですわ」

「じゃあ、出発しますね。皆さん、お世話になりました」

「えっ、ちょっと。待っ……」

御者は会釈をすると、颯爽と馬車を走らせた。

マイカは窓から身を乗り出してこちらに向かってなにか言っているけれど、馬車と私たちの間の距離が遠いため聞き取りにくい。

「マイカ、またね！」

私は彼女が見えなくなるまで手を振り見送ったが、ほんの少し寂しさもある。ヒマワリのような存在の彼女は、元気で周りを明るくしてくれていたから。

そう思っていたのは私だけではなかったみたい。隣にいたルイーザからも同様の声が聞こえてきた。

「なんか寂しいわね。あの子がいるだけで賑やかだったからさ」

「えぇ」

「あっ、でもこれでシルフィはアイザック様とゆっくり話をすることができるか。ここの庭園、王都の人工的な庭園構造と違って自然的な感じだから見応えがあるそうなの。どうかしら？シルフィ。アイザック様を庭園へ案内してさしあげては？」

「みんなは？」

「私たちはサロンでまったりしているわ。迷路ではしゃぎすぎて疲れちゃったし。アイザック様、どうかしら？」

「ありがたく言葉に甘えるよ。シルフィ、案内してくれるか？」

「もちろん」

私の返事なんて聞かれなくても決まっている。アイザックと一緒にいられるんだから……。

みんなに見送られながら私たちは再び庭園へ向かった。

バラの迷路の手前にある庭園は自然本来の姿がそこにあるという印象を受ける。

王都は色鮮やかで濃厚な香りのする植物を好むが、ここではハーブなどの植物も植えられている。ウォルガーが昔、『魔女の庭っぽいよな』と言っていたが、言い得て妙だと思う。

私はメイドから渡された日傘を差しながらアイザックの隣を歩いているんだけれど、ちょっと日傘分のスペースが空いているのが寂しい。

「ここ、うちの庭と似ているな」

「そうなの？」

「あぁ。ミニム王国は計算され尽くした芸術的な庭という感じだが、うちのは有事の際に使用できるように薬になる植物を中心に植えてあるんだ。毒性が強いものは薬草園で厳重に管理されている」

「有事の際って……」

ぞくりと背中が寒くなる。襲撃事件の時の彼の姿が浮かび、私はとっさに彼の腕に手を伸ばした。

すると、アイザックが安心させるように微笑んだ。

「大丈夫だ。うちに戦をしかけようなんて国はないから。すまない、心配させた」

「ううん。私が勝手に心配になっただけだから」

妙な空気がふたりの間に流れ始めたため、私はがらりと話題を変えることに。

「実用性がある植物が庭園に植えてあるのかぁ……なら、植物にも詳しいの？」

「人並みには」

「そっか。植物に詳しいから、花言葉にも明るいんだね」

「ちょっと違うかもしれないな。花言葉は、シルフィへのプレゼント選びのために覚えたんだ」

「私へのプレゼント？」

「そう。今までシルフィへ贈ったプレゼントを思い出してみて。時々、花や花をモチーフにした物を贈っていただろ？　あれに俺の気持ちが込められているんだ。まだ伝えられない想いを」

「伝えられない想い……」

私にもある。口にしてしまえば関係が壊れてしまいそうで怖い、そんな想い。

でも、想いを伝えられずに友達関係を続けるのもつらい。だって、これから先の未来で彼に寄り添う女性が現れるかもしれないから。

まだ見ぬ相手に対してヤキモチを焼いてしまう。ううん。ヤキモチなんてかわいいものではなく、嫉妬だ。こんなに誰かを想ったのは、初めてかもしれない。

「ねぇ、アイザック。聞いてもいい？」

「いいよ」

「アイザックって婚約者はいるの？」

ワンピースの裾を握りしめながら、尋ねた。緊張しすぎて声がわずかに裏返ってしまったため、羞恥心から顔が熱い。

「シルフィ。実は俺、ミニム王国に来たのは、みんなに会うためだけではな――」

アイザックが言いかけた瞬間、そばにあったローズマリーの茂みがガサガサと葉同士のこすれる音をさせ揺れて動きだした。

突然の出来事に、私は短い悲鳴をあげながらアイザックの腕にしがみつき、ぎゅっとまぶたを閉じる。

弾みで日傘が地面へと落ちる音が聞こえたかと思うと、私の足首付近からにゃぁーとかわいらしい鳴き声が聞こえてきた。

「猫……？」

ゆっくり伏せていたまぶたを開けて足下へと視線を落とせば、金色の瞳が印象的な黒猫がいた。

ぐりぐりと頭を私にこすりつけているので、むき出しの肌に触れてくすぐったい。

かわいい。首輪をつけているから飼い猫かも。

「人慣れしているな。もしかして、管理人が飼っているのか？」

「そうかもしれない。かわいいなぁ。名前、なんていうんだろう」

私はしゃがみ込んで首輪についている丸いプレートを手に取ると、名前と住所が彫られていた。

住所はここなので、管理人さんか住み込みの従業員が飼い主だろう。

「名前はムーンだって。綺麗な黄金の瞳だから似合っているわ」

人さし指を向けると、ムーンは近づき、くんくんとにおいを嗅ぎ始めた。

触らせてくれるかな？

そっと手を伸ばしてなでると、気持ちよさそうに目を細めて寝転がった。

「かわいいとなでたくなるよね」

「あぁ、なでたくなるな」

そんなアイザックの声が聞こえた後、私の頭上に優しく大きな手が触れた。髪を梳くようになでられ、私は自分の膝に顔を埋める。

なんでそう簡単に人の心を大きく動かしちゃうかな。

本当に彼にはかなわないと、さらに強く思う夏休みだ。


夏休みも残り数日となった頃。

メイドカフェはたくさんのお客さんによって千客万来。テーブル席も満席の上、最近作ったテラス席も満席状態だ。

そのため、私たちは慌ただしくホールと厨房を往復している。なぜこんなにもカフェが大人気なのかというと、夏季限定メニュー『かき氷』がその理由。

「氷を削って食べるって発想なかったけれど、おいしいわよね」

「やっぱり暑い時はかき氷ね。初めて食べた時からもう夢中だわ」

「このかき氷のためにミニム王国に来てよかったって思うよなぁ」

「俺もそう思う。仕事でミニム港へ到着するたびに通っている」

店内にいるお客さんが食べているのは、ほとんどがかき氷。

夏季限定でかき氷を提供しているんだけれど、それが爆発的にヒットした。

アイスと違ってさっぱりと後に残らない甘みと比較的簡単に食べられることが重なったのが人気の理由みたい。

アイスはこの世界にもある。でも、一部の上流貴族や王族しか食べることができない高級品。でも、かき氷ならいつものようにメイドカフェで注文すれば食べられるから、ハードルが低くて簡単なのだ。

――来年からカフェタイムはかき氷専用に切り替えた方がいいかも。ほとんどかき氷を注文しているし。こんなに売れるなんて思ってもみなかったわ。

私は、かき氷をお客さんのテーブルへと配膳しながら、もうすでに来年のことを考えていた。

すると、ガランガランと涼しげな音色が入り口から聞こえてきた。顔を向けると、すぐ近くにある香辛料商会の従業員たちがふたり立っていた。

ひとりは白髪交じりの前髪をなでつけた六十代の男性。そして、もうひとりは短く髪を切りそろえている四十代くらいの男性だ。

ふたりはハンカチで汗を拭きながら、「いやー、大繁盛だね」と微笑んでいる。

「おかりなさいませ、ご主人様」

配膳を終えた私は、入り口に向かうと口を開いた。

「やぁ、シルフィちゃん。相変わらず大人気だね」

「えぇ、おかげ様で……」

「かき氷の持ち帰りお願いできるかな？　団子付き小豆のかき氷ふたつ」

「かしこまりました。お時間いただくことになりますが、よろしいでしょうか？」

「もちろん」

最初は持ち帰りできなかったんだけれど、あまりにも店が繁盛したため、急遽《きゅうきょ》テイクアウト解禁した。ただし、かき氷が溶けるので持ち帰りはご近所さん限定だ。

「店内混んでいるから、邪魔にならないように俺たちは外で待っているよ」

「かしこまりました」

私は軽く会釈をしてふたりを見送ると、オーダーのために厨房へ向かった。すると、ルイーザが調理台に立っているのが視界に入る。

ルイーザはガリッガリッという氷の削れるリズミカルな音をＢＧＭにして、必死の形相でひたすらかき氷機のハンドルを回している。

「ああっ！　削っても削っても終わりがまったく見えない。無限ループだわ！　自動のかき氷機が欲しい」

「ねぇ、ルイーザ。腕、大丈夫？　交代するよ」

そう尋ねると、ルイーザは首を横に振った。

「平気。シルフィ、腕がまだ痛いんでしょう？　無理しちゃダメよ」

かき氷機は自動ではなく手動。そのため、かき氷が日に日に需要が高まっていったせいで、ついに私の腕が悲鳴をあげたのだった。

そのため、ルイーザとマイヤーヌが交代でやってくれているけれど、ふたりとも腕が厳しそう。

「でも、ふたりにだけ負担をかけるわけには……。やっぱり、かき氷の季節だけ臨時でバイトを雇うことにするわ。さっそく、仕事が終わったら求人募集をかけるね」

私がそう言うと、ルイーザがかき氷機から手を離して私の方を見た。

「ねぇ、求人募集はちょっと待ってくれない？　実は心あたりがあるの。アイザック様はどうかしら？」

「アイザック？」

突拍子もなく出てきたアイザックの名を聞き、私は首をかしげる。

かき氷機とアイザックの接点が浮かばない。どうして、ルイーザはアイザックを指名したのだろうか。

「ほら、だって筋肉すごいし。メイドカフェの事情も知っているから適任だと思う」

たしかに、一理ある。私たちの正体も知っているし。

後でホールにいるマイヤーヌの了承を得たら、アイザックの屋敷に立ち寄って聞いてみよう。

私はそう判断すると、ルイーザにオーダーを告げた。

＊　＊　＊

「なんて使えない奴らなのよ！　全員捕まったって愚かすぎ。お父様が用意したのは、本当にロノア国の王太子殿下を殺した暗殺集団黒き死神なんですの？　偽者だったんじゃないですか」

私は粉々に砕け散ったティーポットやカップを何度も踏みながら叫ぶように言うと、テーブルの上にあったケーキプレートに手を伸ばした。

手に取り床に叩きつけるようにしてぶん投げると、硬質なもの同士がぶつかり合う音が聞こえ、真っ白いプレートが床に弾けるように散らばった。

――苛々が収まらない。

私が大切にしているお茶の時間に伝えられたのは、シルフィの暗殺成功ではなく失敗の情報。あれだけ大金を積んだのに、むざむざ失敗してプロ失格だ。

「まさか、うちにある食器をすべて割るんじゃないだろうね？」

テーブル越しに座っているお父様が静粛にお茶を楽しんでいるのが腹立たしい。

こっちは、はらわたが煮えくり返りそうなのに。

「食器なら新しく買えばいいですわ。それに掃除はメイドが勝手にやりますし。全員捕まったせいで軽々しく依頼主がバレたら、どうなさるおつもりで？」

「それは問題ないだろう。拷問されても吐かないように訓練されている。もし、仮に彼らがしゃべったとしても、ラバーチェ家の名前は出せないな。むざむざと馬鹿正直に正体を明かして襲撃依頼なんてするわけがない」

「なんて使えない暗殺者だったのかしら。自分で探せばよかったわ」

「誰を差し向けても同じだったかもしれないぞ？　騎士団に所属している古い友人が襲撃事件を調べているから少し聞いたんだ。どうやら、シルフィたちと一緒に同行した黒髪の男が強かったらしい」

「黒髪の男……」

私の頭をよぎったのは、いつもシルフィのそばにいる留学生だった。

マルフィから来たと言っていたが、もしかして騎士の家系だったのか。

剣の腕が立つなんて聞いたことがないし、帯剣しているのも見たことがない。邪魔されるなんて予想もしていなかった。

「またシルフィに負けたな」

耳に入ってきたお父様の台詞に対して、私は鼻で笑った。

「――お父様。誰に物を言っているのですか？　私はエクレール・ラバーチェ。念には念を……保険はかけておりますわ」

第十一章　突然のバッドエンドシナリオ発動で絶体絶命の大ピンチ

楽しかった夏休みが終わり新学期を迎えた。

学園の馬車止めで馬車を降りると、友人たちとの再会を楽しんでいる生徒たちの姿が目に飛び込んでくる。

みんな楽しそうに笑い合いながら校舎へと向かっていく。

たった一ヶ月ほどの夏期休暇だったはずなのに、なんだか懐かしい光景だ。

私も生徒の流れに乗り校舎へ足を踏み出せば、「シルフィ」と私の名を呼ぶ声と共に肩に優しく手を添えられた。

振り向かなくてもわかる。

——アイザックだ。

きっと世界で一番私の名前を優しく呼んでくれるのは彼かもしれない。

シルフィと名前を呼ばれただけなのに、まるで特別感があふれるから不思議。

ゆっくりと振り返ると、微笑んでいるアイザックの姿がある。

「おはよう」

「おはよう。あっという間だったな、夏休み」

「うん」

私たちはたわいもない話をしながら校舎へ入ると、昇降口のホールに人だかりができていることに気づく。

白を基調とした天井は金で縁取りがされ、ミニム王国の初代国王の戴冠式の様子が描かれている。その下にはなにか珍しいものでもあるのか、生徒が数十人かたまっているのがうかがえる。

女子生徒の黄色い悲鳴や男子生徒の動揺する声をＢＧＭにしながら、なにが起こっているのだろう？　と首をかしげた。

人が集まりすぎてまったく様子を探ることができない。

「ねぇ、アイザック見える？」

「見えるよ。しかし、なぜ彼がいるんだ」

アイザックは訝しげな表情を浮かべながらつぶやくように言う。

「誰？」

「エオニオ王太子殿下がいる。制服着用しているから、通うんだろうな」

「通うって、なんで急に？」

純粋に心の底から思った言葉が口に出た。

ルイーザから殿下のことをまったく聞いていない。もしかして、婚約者である彼女も知らされていないのだろうか。でも、どうして殿下は急に学園に通うのかしら……？

イレギュラーな展開に対して胸に不安がシミのように少しずつ広がっていく。

「騒々しいわね」

「ルイーザ！」

私たちの隣にルイーザは立つと、腕を組んで前方を不機嫌そうに睨みつけている。

「通行の妨げ。邪魔よ。ねぇ、シルフィ。なんなの？　これ」

「殿下がいるの」

「殿下が？」

ルイーザが眉間に深くしわを寄せて険しい表情を浮かべる。その様子を見る限り知らなかったらしい。

「ちょっと聞いてくるわ」

「でも、この人の多さで近づくのは難しいかも」

人々の喧噪《けんそう》によってきっと声はかき消される。

垣根を手でこじ開けるように人の群れを突き進むしか道はないのだろうか。

どう近づくのかルイーザを見守っていると、彼女は前を見すえゆっくり唇を開いた。

「――通行の妨げになります。今すぐおどきなさい」

凛とした声は場を制するほどの威厳と圧を感じる強力なものだったため、ざわめきが一瞬にして静まり返り、生徒たちはさーっと波が引くかのように左右に分かれ始めた。

まるでモーセの十戒のようだ。さすがは王太子殿下の婚約者。

人の波が消えたことにより、絵画の世界にいそうな見目麗しい少年が見えた。

中性的な顔立ちをしている彼は、胸下まである金色の髪をひとつにまとめ右肩で流している。

彼こそ、ミニム王国の次期国王であり、『ありあまる大金の力で恋愛攻略』の攻略対象者のひとりでもあるエオニオ王太子殿下。

殿下は、琥珀をはめ込んだような瞳で己の婚約者であるルイーザを射貫くように見ていた。

一方のルイーザはミルクティー色の瞳を揺るがせることなく、真っすぐ受け止めている。

「ごきげんよう、殿下」

「ルイーザ。久しぶりだね。元気そうでなによりだよ」

「私、驚いて声も出ませんでしたわ。殿下の登校をまったく伺っておりませんでしたので」

「ちょっと学園生活に興味があってね。登校することになったんだ。よろしく」

目尻を下げながら殿下が微笑めば、ルイーザがぎゅっと手のひらを握りしめたのに気づく。

「……興味とはいったい？」

「ちょっとね……。あと、君には近々伝えるべきことがある。君と君の家の理解も必要になってくることだから、今は言えないのだが」

「それはどういう意味ですか」

「父上たちにもまだお伝えしていないし、〝彼女を迎える準備〟ができていない。だから、しかるべき時がきたら報告しよう」

私の気のせいだろうか。遠回しの婚約破棄の予告に聞こえるのは——。

彼女を迎えると言っていたけれど、いったい誰のことかしら？

マイカではないわよね。あまり接点がないし。浮世を流した女性もいないから、まったく見当がつかない。

いろいろな女性の顔を浮かべては、「違うよね」と首を横に振っていると、突然甘ったるい猫なで声が聞こえてきた。

「まぁ、殿下っ！」

ホール内に響いた声を聞き、殿下に変化が起きた。目尻が下がり口もとが緩んだのだ。

どういうことなの？　だって、この声はマイカではない。

この声の主は——。

ハニーゴールドの髪をたゆたわせながら殿下のもとまで歩いてきたのは、エクレール様だった。

口もとに手をあててクスクスと笑っている。

「なにを考えているのかしら？　エクレール・ラバーチェ！」

ルイーザが目を細めてやって来たエクレール様を見ると、彼女は「怖いわ」と小さく震えて殿下にしがみつく。

「彼女を睨むのはやめてくれ。彼女は――」

待って。この光景見たことがある。続きの台詞にも覚えがあった。

「彼女は僕が出会った愛しい人だから」

私が小さくつぶやいた後、殿下も一字一句違わない言葉を放った。

なぜ私が知っているのか。それはこれがゲームのシナリオと一緒だから。

シルフィがヒロインのマイカに対して、わかりやすく敵意をむき出しにする場面。静止画を見ているから、覚えがあったのだ。

でも、台詞も場面も一緒だけれど人が違う。

これじゃあ、〝エクレール様がヒロイン〟で〝殿下がヒーロー〟だわ。

ルイーザも気づいたらしく振り返って私の方を見た。すると、彼女の視線の先を追うようにして、殿下がこちらを向いたので、目が合った。

「おや。シルフィ嬢じゃないか。聞いているよ。ルイーザと毎週のように勉強会をやって仲よくしてくれているんだってね。ありがとう」

「いえとんでもございません」

「隣の彼は……ミニムの貴族ではないようだね。もしかして、留学生かい？」

「彼はマルフィからの留学生ですわ」

「そうか、マルフィからか。遠いところよく来てくれたね。なにか困ったらことがあったら僕を頼るといい。では、僕はこれで失礼するよ」

殿下はそう言うと、私たちに背を向け、エクレール様を連れて去っていく。

その時、エクレール様が振り返って私に向かって不適な笑みを浮かべたため、背筋に冷たいものが伝って体から血の気が引いてしまう。

新学期が不穏な始まりを告げているようで怖い。

「アイザック様。先に教室に行ってくれるかしら？　私、シルフィとお話があるの」

「しかし……」

「大丈夫。私がいるから。シルフィはちゃんと教室に送るわ。約束する」

ルイーザは私の肩に手を添えると、真剣な表情でアイザックを見た。

アイザックはなにか言いたそうに唇を動かしかけたけれど、言葉を発することをせず静かにうなずく。

「わかった」

「じゃあ、私たちは温室に立ち寄ってから行くので」

「またね、アイザック。後で教室で」

私とルイーザはアイザックと別れると、温室へと向かった。

到着し、それぞれ椅子に座るとふたりで盛大なため息を吐き出す。

「最悪だわ。きっとエクレールが殿下に取り入ったのよ。よりにもよってあんな性悪女に落ちるかな。あー、頭痛がする。婚約破棄なんて王太子殿下の個人の意思でどうにかできるわけがないのに。政治的なつなぎを持つために行なうのよ。すっかり頭にお花が咲いて本当に馬鹿だわ。エクレールの家は伯爵家。つり合わない」

ルイーザが天を仰ぎながら言う。

「殿下、やっぱり婚約破棄するつもりだよね」

「でしょうね。それよりも気になるのが、さっきの出来事よ。あれは悪役令嬢、シルフィのシナリオよね？」

私は大きくうなずいた。

やっぱり、ルイーザも気づいていたのね。

「えぇ。あれがきっかけでマイカに嫌がらせをするの。階段から突き落としたり、教科書を破いたり。そしてウォルガーの怒りを買い、夜会で婚約破棄からの断罪。どうしてシナリオが進むの？　フラグは立っていないのに」

「ねぇ、それなんだけれど、ちょっと心あたりがあるの。ほら、夏休みに運命論について話したじゃない。あれ覚えている？」

「覚えているわ。馬車の中で話をしたわね」

ウォルガーの別荘に行く道中で私たちは前世の記憶を持っていることをマイヤーヌへカミン

グアウトした。

その時に彼女が運命論の話をしたのを覚えている。

運命論というのは、この世の出来事はすべて決まっていて、変えることができないという論だ。

マイヤーヌが危惧していたのは、シナリオどおりにいくのが運命ならば、ねじ曲げられた運命をもとに戻そうとする作用が働くかもしれないということ。

つまり、狂ったシナリオを本来の正しいシナリオに補正する力が働いてしまい、悪役令嬢フラグから逃れられない可能性があるということだ。

「ねじ曲げられた運命をもとに戻そうとする力が働き、悪役令嬢・シルフィのシナリオどおりに物事が進んできているのかも」

「そんなどうして……」

「おそらく、エクレールの存在だと思うわ。マイカがシルフィに対して好感を持つことにより、断罪フラグは解消された。ここで終わりだとよかったんだけれど、ゲームには登場しないエクレールの存在がシナリオに干渉したのかも。彼女はシルフィに対して悪意を持っているから」

「エクレール様の強い憎しみが、私の悪役令嬢フラグを発動させたということ？　でも、エクレール様からの嫌がらせなどは収まっているわ」

「それが収まっていないの。夏休み明けに判明したんだけれど、襲撃事件の主犯がエクレール様だったの。現在、身柄引き渡しと処罰に関して、アイザック様とミニム王国が協議中。身柄の引き渡しを求めているアイザック様と国外へ醜態が漏れるのを恐れているミニム王国側とでもめているのよ」

「そんな……命を狙うまで嫌忌されていたなんて……」

氷水の中に全身浸かっているかのように、体の芯まで冷たくなっていく。

人の命を奪おうとするまでの憎悪。その強さに対する恐怖が私へ襲ってくる。私は自分の体を抱きしめるように腕を回した。

そこまでして四大侯爵の地位が欲しいの？　それとも私の存在はそこまで忌み嫌われるものだったの？

「ごめん。やっぱり言うべきじゃなかった。アイザック様から口止めされていたんだけれど、今回の件に関係あるかもしれないと思って……」

「ううん。知れてよかったわ」

「ねぇ、シルフィ。エクレールには近づかないで。それから、念のためにもひとりにならないでね。アイザック様かクラスメイトと一緒にいてほしい」

ルイーザの淡々とした口調が現実をつきつけてくる。

どうかこのまま平穏な学園生活を送らせてほしい。

でも、きっとそれは無理なんだろう――。

異変はさっそく翌日に起こる。

学校の馬車止めでアイザックと合流し一緒に教室へ向かっていると、「誰だ！」とまるで落雷のような青年の怒号が廊下まで響き渡ってきた。

朝の賑やかな校舎内を静寂に包み込むくらいの怒りに対して、私とアイザックだけじゃなくて周りの生徒たちも足を止めている。

「なにごと？」

首をかしげながら声がしたクラスに向かうと、ちょうど教室の扉が開いていたので中を覗くことができた。

教室内は張りつめた空気に包まれ、生徒たちは微動だにせず双眸《そうぼう》を窓際の席を凝視している。

窓際の席には眉を下げ泣きだしそうなエクレール様が座っていて、その傍らには怒り心頭の殿下の姿が。

殿下の手にはふたつに破られている教科書が握られていた。

「嘘……」

教科書を切り裂くのは、シルフィがヒロインに対して行なういじめのひとつ。

でも、私はいっさいそんなことはしていない。それなのに、ゲームのシナリオどおりに事が進んでいっている。崖っぷちギリギリに立っているかのような恐怖が押し寄せてきた。

どうしよう……なんでこんなことに……。

「殿下。大丈夫ですわ。私が耐えればいいだけですから」

　エクレール様が儚げに微笑めば、殿下が沈痛な面持ちで彼女の肩に手を添える。

「君が耐える必要なんてない。このようなことは許されないんだ。犯人を見つけて絶対裁いてみせる。王太子の名のもとに」

「犯人は……」

「もしかして、心あたりがあるのか」

　小さくわななきながらエクレール様が扉の方へ顔を向けたため、私はビクッと両肩を動かした。

「シルフィ嬢」

　殿下は琥珀色の瞳で私を捉えたかと思うと、目を大きく見開く。

　今一番恐れているのは、私のせいにされることだ。

　怖くて動けずにいると、殿下が私の前へやって来た。

「ずいぶん顔色が悪いな。エクレールの教科書が切り裂かれた件となにか関係が？」

「私は……」

「その怯えようはなにか知っているな。さぁ、話すんだ」

　殿下はまくし立てるように言いながらこちらに腕を伸ばしてきたため、私は身を守るように体を縮めてぎゅっと目をつむった。けれど、殿下の手が私に触れることはなかった。

どうして?と思ってゆっくりと目を開けると、横から伸びてきたアイザックの手が殿下の手首を掴んでいるのが見えた。

邪魔された殿下は、烈火のごとく怒りを滲み出した瞳でアイザックを捉えているが、アイザックは流水のごとく受け流している。

「気安くシルフィに触れないでいただけますか」

「……もしかして君はシルフィ嬢のことが好きなのかい？　ずいぶんと王子様気取りだね。留学生だから知らないかもしれないが、彼女には婚約者がいるよ。それに君の校章はブロンズ。彼女はゴールド。君の方が格下だから永遠に叶わない恋だよ。かわいそうだけれど、あきらめた方がいい」

「報われるかどうかはシルフィが決めることだ。それに、人の恋路を気にするよりも、己のことを気にした方がいい。破滅の恋にならないように」

どういう意味なのだろうか。破滅の恋に……エクレール様との恋が破滅って……。アイザックは、エクレール様と殿下に関してなにか知っていることがあるのかな。

「破滅の恋……？」

殿下は片眉をピクッと動かすと、訝しげにアイザックを見た。

「自分のことすら見えていないんだな。早く気づいた方がいい。すべて失うぞ」

「どういう意味だ？」

「君に教える義理も恩もない。王太子という責務ある立場の人間なのだから、もっと見る目を養うんだな」

　アイザックは冷淡な笑みを浮かべた。

「シルフィ。さぁ、行こう」

　私は殿下に会釈をしてアイザックと共にその場を立ち去った。

　廊下を歩きながら隣を歩いているアイザックへ話しかける。

「殿下は私のことを疑っていると思うけれど、私は犯人じゃないわ」

「わかっているよ。シルフィがするわけないじゃないか」

「うん。ありがとう」

　アイザックに誤解されるのが一番精神的にダメージが大きいので、彼が否定してくれてほっと胸をなで下ろす。

　でも、現状は甘いものではない。理解してくれる人にだけ理解してもらえればいいという状況ではないのだ。

　相手はミニム王国の王太子殿下。私だけではなく、私の家にも迷惑をかける可能性が高い。

　エクレール様の性格を考えると、きっと近々また彼女は動くだろう。彼女の狙いは私や四大侯爵の地位だから。それにシナリオ補正の件もある――。

　憂鬱な心のまま自分の教室に入ると、「シルフィ様」と背に声をかけられたので振り返ると、クラスメイトの男爵令嬢、ベロニカの姿があった。

彼女はかかえるようにして日誌を持っている。

「おはようございます。本日、日直をご一緒させていただけて光栄です。よろしくお願いいたしますね。日誌の方は私が職員室へ取りにいってまいりました」

「ありがとう」

「いいえ、とんでもございません。あっ、そうでしたわ！　お伝えしなければならないことが。先ほど日誌を取りにいった職員室で、歴史学のハーノルト先生に声をかけられたんです。なんでも、二時限目の歴史学の授業で使う資料を日直ふたりに取りにきてほしいそうですわ。一時限目が終わったら声をかけさせていただきますね。では、失礼いたします」

ベロニカさんは会釈をすると自分の席へと戻っていった。

――今日、日直だったのね。

こちらの世界にも日直があって、内容は日本の学校と変わらない。日誌を書き、授業に必要な道具などがあれば取りにいく。二時限目前に職員室に行くのを忘れないようにしなきゃと思いながら、私は自分の席へと座った。

一時限目を終える鐘が教室内まで届けば、教壇に立っていた経済学の先生が教科書を閉じた。

経済学の先生……アガパンサス先生は二十代後半の男性で、いつも日替わりで明るめのジャケットを着用している。

気さくであまり生徒たちとの垣根がないタイプのため、話をしやすく人気だ。

ちなみに経済学の先生であると同時にこのクラスの担任でもある。

「では、授業はこれにて終了する。皆、課題を忘れるなよ。あー、それからアイザック。ちょっと俺の所に来てくれ。殿下との件で聞きたいことがある」

殿下の件ってもしかして朝のこと？

私をかばって殿下と対峙《たいじ》してくれたから、アイザックはまったく悪くはない。

「アガパンサス先生」

私は立ち上がって事情を説明しようとすると、先生は静かに微笑んだ。

「一応、念のためにアイザックからも話を聞くだけだから。心配するな」

「……はい」

相手は王太子殿下。敵に回すには相手が悪すぎる。きっと、エクレール様はここまで考えていたのだろう。

アイザックを巻き込んでしまった。うつむいて自己嫌悪に陥っていると、突然ぽんぽんと優しく頭をなでられたので顔を上げるとアイザックが立っていた。

「大丈夫だ。問題ないから。ちょっと行ってくる」

「……うん」

アイザックはそう言うと教壇へ向かった。

先生もアイザックも大丈夫だと言っているけれど、念のためにお父様に事情を話して学園に伝えてもらおう。

そう決意をしているとベロニカさんが近づいてきた。

「シルフィ様。今、お時間よろしいですか？　一時限目が終了しましたので、職員室へ参りましょう」

「えぇ、そうね。行きましょう」

私は立ち上がるとベロニカさんと共に教室を出た。

私たちの教室は一階なので階段を上って二階にある職員室へ向かう。

職員室と書かれたプレートが下げられている部屋をノックし、中へと足を踏み入れる。

室内は先生たちが一堂に会しているため、とても広々としたつくりになっていた。いくつもの執務机が合わさるようにつなげられ、先生たちが座っている。

もうすでに授業に向かっている先生もいるのか、席に座っているのはまばらだ。

「ハーノルト先生」

私はちょうど入り口付近の席に座っている白髪交じりの初老の男性に声をかけると、先生はゆっくりとこちらに顔を向けた。

「すみませんね、わざわざ来てもらって」

「いえ」

「この本を持っていってもらいたいんだよ。お願いできるかな？」

ハーノルト先生が渡してきたのは、三冊の本だった。

日直ふたりで来てほしいということだったので、てっきり地図などの大きなものだと思っていたので拍子抜けする。これならふたりで来る必要はなかった。

ちらりとベロニカさんを見ると、彼女は「えっ？　まさかこれで呼んだの？」ということがすぐに読み取れる顔をしている。

ベロニカさん、素直だわ。顔に出ちゃっている。

「では、さっそく教室に運びますね」

私は手を伸ばして先生が差し出している本を受け取り、職員室を後にする。

「シルフィ様。私が本をお持ちいたしますわ。シルフィ様に持たせるわけには……。というか、そもそもこれくらい先生が持ってくればいいのに」

「私もちょっとそう思っちゃった。でも、本はこのまま私が持つわ。職員室まで来た意味がなくなっちゃうから」

「では、私にふたつ渡してくださいませんか。私も来た意味がなくなってしまいます」

「えぇ、そうね。では、お願いするわ」

ふたりで小さな笑い声をあげながら、本を渡す。その後、廊下を進んで階段に向かった。もうすぐ授業が始まる時間帯のため、生徒の姿はほとんどない。

急がないと二時限目が始まる。

はやる気持ちのまま階段を下りようとした時、「ベロニカ君！」という焦りを含んだハーノルト先生の声が背後から聞こえてきたので、私たちはいっせいに振り返った。

「すまない。北大陸の地図も必要だったんだ。運ぶのを手伝ってくれないか？」

「……先生。それ早く言ってください」

「年のせいか最近忘れっぽくてな。一緒に歴史準備室に来てくれ。シルフィ君はそのまま授業に向かってくれてかまわないから」

ベロニカさんは眉間に深いしわを寄せると、ため息を吐き出した。

「シルフィ様。本をお願いしてもよろしいですか？」

「えぇ。かまわないわ。のせてもらってもいい？」

ベロニカさんは私が持っている本の上に自分が持っていた本をのせると、また深いため息を吐き出した。

今にも舌打ちをしそうなくらいの不機嫌な感情まで吐き出しているかのよう。

「ベロニカ君。早くしてくれ。授業が始まってしまう」

「わかっていますよ。そんなに急かさないでください」

棘を含んだ声で返事をしたベロニカさんは、私に会釈をすると階段を上って三階へと向かった。

ベロニカさん、すごく頭にきているみたいだったわ。

たしかに早く言って！って、思うけれど。職員室でほかに運ぶものはないか質問すればよかったかも。さすがに本三冊だけ運んでほしいってことはないと思ったし。

次から気をつけようと思いながら階段を下りていくと、階段下からエクレール様が上ってくるのがうかがえた。

ティーナとリーナも当然一緒。左右をがっちりと固めている。

——間が悪すぎるわ。エクレール様と遭遇するなんて。しかも、ひとりの時に。

引き返そうか——いや、ほかの生徒の姿もあるから大丈夫かも。関わらないようにして早めに階段を下りて教室に行こう。

私はそっと息を吐くと、先に進んだ。

念のためにエクレール様が右側を歩いているため、私は左側ぎりぎりを歩く。また難癖をつけられるのを避けるために。

だんだんエクレール様との距離が近づいてくると、急に彼女が絹を切り裂くような悲鳴をあげて階段から転げ落ちた。

「エクレール様っ！」

ティーナたちの悲鳴が階段にこだまする中、エクレール様は一番下まで転がり落ちてそのまま動かない。

エクレール様の名を叫びながらティーナたちが一目散にエクレール様のもとへ向かうと彼女の身を起こした。

――ちょっと待って。いったい、なんだったの？　今のは。

なにが起きたのかわからずに私はただ呆然《ぼうぜん》としている。

その場にいた生徒たちもエクレール様のもとへと集まっていく。その上、騒ぎを聞きつけた近くの教室から様子を探りにきた生徒たちも集まりだす。

「ひどいですわ。シルフィ様」

「エクレール様のことを突き飛ばすなんて」

ティーナたちの言葉にほかの生徒たちの視線がいっせいに向けられ、私は身を固くした。

ゲームの静止画と一緒だ。シナリオの一部に、ヒロインが悪役令嬢のシルフィから階段で突き飛ばされて落ちるというシーンがある。

私は現実世界では突き飛ばしてはいないし、エクレール様は自作自演で階段から落ちた。

でも、状況的には私が疑われている。

ゲームどおりならば、ここでウォルガーが登場するはずだが、おそらく殿下の登場だろう。

今のところ、ウォルガーの代わりにヒーローポジションを殿下が担っているから。

「みんな集まってなんの騒ぎだ？」

想像どおり殿下がやって来たので、私の脳裏に最悪の状況が浮かんだ。

「エクレール！　どうしたんだ」

殿下は悲痛な声をあげると、ティーナたちに介抱されているエクレール様を抱きしめた。

「シルフィ様が私のことを……」

エクレール様は殿下の胸に顔を埋めてしがみつき、エクレール様の取り巻きであるティーナたちが口々に言葉を放つ。

「シルフィ様がエクレール様を階段から突き飛ばしたんです」

「私たちが証人ですわ」

殿下は三人の言葉を信じたらしく、鬼のような形相で私を睨む。

胃に鈍痛が走るが、ここできちんと否定しなければますます窮地に立たされる。

私は意を決して口を開く。

「誤解です。私はそんなことをしておりません」

真っすぐ殿下を見すえてはっきりと告げると、ありがたいことに集まっていた生徒たちも賛同してくれた。

「シルフィ様がエクレール様を階段から突き飛ばすはずがありませんわ」

「そうですよ、殿下。優しいシルフィ様がそんなことをするはずがありません」

「お前たちは現場を見ていたのか？」

「いえ……私たちはしゃべっていたので……気づいたらエクレール様が……ですが、シルフィ様が突き飛ばすはずがありませんわ」

「見てもいないのになにを勝手なことを。現にエクレールとティーナたちは突き飛ばされたと言っている。誰かほかに目撃者はいないか？」

殿下が辺りを見回しながら言うと、数人の生徒たちが手を上げだしたので、私は信じられない思いで立ちすくむ。身じろぎができない。

「エオニオ様。私、シルフィ様が突き飛ばしたのを見ました」

「俺も……」

「私は突き飛ばしていません。そもそも両手が本で塞がれているのに、どうやって突き飛ばすんですか？」

反論したけれど、私の置かれている状況は変わらない。むしろ、反抗していると捉えられたのか、殿下のまとっている空気がどんどん張りつめていった。

殿下はエクレール様をティーナたちに託すと、立ち上がって階段を上り私のもとへ。

「この期に及んでしらを切るつもりか。四大侯爵も落ちたな」

「私は無実です」

「意地でも認めないつもりか」

殿下が刃物を持っていたら確実に刺されていると感じるくらいに、その怒りが私に向けられているのをひしひしと感じる。

きっと、エクレール様のことを深く愛しているからだろう。私のことは、彼女に危害を加える悪い人間としてしか目に映っていない。

「なんて見苦しいんだろうな。エクレールは教科書を破られた時も、君をかばって黙っていたんだぞ」

「私は無実です」

「証人もいるのに往生際が悪い。即刻学園から出ていけ。この処罰は追って伝える」

殿下は腕を伸ばして私の手首を掴んで引っ張ったため、持っていた本が階段へと落ちた。

「残念だな。王子様不在で」

「――っ」

「エクレールの前から消えるんだ。これ以上彼女を傷つけたら許さない」

殿下は私の腕を無理やり引っ張りなら階段を下りていく。

引きずられるようにして連れていかれているため、何度も階段を踏みはずしそうになるので一秒たりとも気が抜けない。

ここで転んで殿下を巻き込んだら、また妙な濡れ衣を着せられてしまう可能性がある。私は歯を食いしばりながら階段を下りると、殿下はそのまま廊下を真っすぐ進み、昇降口へ向かう。

そして校舎の外まで私を連れ出し、まるでゴミを放り投げるように腕を大きく振って私から手を離す。そのため、私は転がるようにして倒れ、地面に伏せた。

衝撃で膝や手に擦過傷《さっかしょう》を負ったようで肌がひりひりと痛い。

「二度とこの学園の敷居をまたげると思うな。屋敷で頭を冷やせ。厳重な処罰を下すからな」

殿下は吐き捨てるように言うと、私に背を向けて校舎の中へと消えていった。

「戻るのは無理ね……」

戻っても殿下は話を聞く耳を持ってくれないし、なにより私の精神がこれ以上持たない。今の私ひとりではとても対処できないので、屋敷に戻ってお父様たちに相談した方がいいだろう。

馬車の迎えも頼んでいないため、私は自力で屋敷に戻ることにした。

幸いなことに屋敷まで徒歩で十分もかからない距離だ。

――最悪な展開だ。

じくじくと痛む傷よりも心の方がもっと痛い。

なんでこんな目に遭わなければならないのだろうか。

あまりにも唐突すぎて思考と感情が一致しないから涙すら出なかった。

機械的に足を動かして屋敷までのルートを歩いていけば、見慣れた建物が目に入り視界が滲んでいく。

――帰ってきた。

自分の屋敷を見てこんなにも安堵したことは人生で初めて。

張りつめていた糸が切れたのか、私の瞳から涙があふれて止まらなくなる。

「お嬢様っ⁉」

門の掃除をしていた使用人のひとりが私に気づいたのを皮切りに、周りの使用人たちもこちらを見て目を大きく見開いた。

私の姿を見てただごとではないと判断したらしく、屋敷へ向かって走っていく者やこちらに駆けてきてくれる者の姿が。

ややあって、屋敷の扉が開き、お父様たちが飛び出してきた。家族の姿を目にし、私は安堵して意識を失った。


「……ん」

自分の意識がふわふわと浮上し、ゆっくりとまぶたを開けると、見慣れた天井が視界に広がっていた。

私……あぁ、そうだった……意識が急に遠のいて目の前が真っ白になって……。

ゆっくり身を起こそうとすると、「シルフィ」という声と共に背に手が回され起き上がるのをサポートされる。

私の名を呼んだのは、覚えがある声。

でも、声の主がここにいると思わなかったため、反射的に顔を向けて何度も瞬きをする。

幻聴だったのかと思ったけれど、どうやら本物だったみたい。かがみ込んだアイザックが私のフォローをしてくれている。

「アイザック、どうしてここに……？」

「気持ち悪さやだるさなどは？」

「えぇ、大丈夫」

「よかった。先生と教室で話をしていたら、エオニオとのことを知らせにきてくれた生徒がいたんだ。学園から追い出されたと聞き、急いで追いかけたらシルフィが屋敷の前で倒れたのが見えて……」

アイザックは言葉尻を弱めると手を伸ばして私を抱きしめた。まるで二度と離さないとでもいうようにきつく抱きしめられたんだけれど、触れ合っている彼の体が震えていたので深い心配をかけたことを痛感した。

私も彼の背に腕を伸ばして抱きしめる。

深海にいるかのように冷たく暗い心だったのが、嘘のように晴れていく。

アイザックがそばにいてくれるだけでこんなにも意識の持ち方が違うなんて――。

「エオニオには今朝忠告したのに、それを無視してシルフィを傷つけた。報いは必ず、受けてもらう」

「お願いやめて。相手は王太子殿下。アイザックにまで迷惑がかかるわ。下手したらあなただけじゃなく家族やマルフィ国にまで……厄介事に巻き込むわけにはいかない」

「心配しなくてもいい。家族や祖国もこれくらい問題ないよ」

「でも……」

「俺を信じて。きっとまたシルフィが笑って過ごせる日常を取り戻すから」

アイザックはそう言うと私の髪を梳くようになでたので、私はゆっくりとまぶたを下ろした。

もしかしたら、このまま悪役令嬢として断罪されるかもしれない。そうなったら、二度とアイザックとは会えなくなってしまう。

だから今は愛しい彼のぬくもりを忘れないように刻もうと思った時だった。廊下を歩いてくる足音が聞こえてきたのは。

足音は私の部屋の前で止まり、代わりに控えめなノックが聞こえてくる。

「シルフィ。ちょっといいかい？」

お父様だ。

私たちはお父様の登場にゆっくりと抱きしめ合っていた体を離す。

「はい。どうぞ」

返事をすれば扉が開き、お父様が現れた。手には純白の封筒を持っている。

「アイザック君。すまないね」

「いえ、シルフィのためですから。それより、なにかあったのですか？」

「エオニオ王太子殿下が臣下を集めたんだ。他国にグロース家の悪評が広がる前に四大侯爵の地位をラバーチェ家に戻すように提言された。だが、陛下やほかの重鎮たちが調査も終えていないのに早急だと反対してくれて事なきを得ている」

「お父様。私はなにも……！」

「わかっているよ。シルフィがそんなことをするはずがないということくらいね。エクレール嬢がまさかここまでするとは……実はシルフィに、もうひとつ伝えておかなければならないことがある」

「なんでしょうか？」

「実はウォルガー君とシルフィの婚約破棄が決定した。一部の者たちが陛下にアエトニア侯爵を巻き込まずに済むように破棄を進言したんだ」

私とウォルガーの婚約が破棄され、悪役令嬢としてのシナリオのひとつがまた進んだ。シナリオどおりではないが、大まかな筋は通っている。

「アイザック君。すまないが、シルフィのことを守ってくれないか？」

「もちろんです」

「そうか、よかった。君にならシルフィを任せられるからね。あぁ、それからシルフィ。さっきハーゼ家から使者がやって来てルイーザ嬢からの手紙を預かったんだよ」

そう言ってお父様が差し出してくれたのは、手にしていた封筒だった。

受け取ると、たしかに宛名の文字はルイーザのものだった。

「シルフィが休んでいる時、ウォルガー君たちが来てくれたんだ。彼らもシルフィのために動いてくれるそうだよ。君をとても心配していた。いい友人を持ったね」

「……はい。私にはもったいない人たちばかりです」

「では、私はアエトニア侯爵のもとに向かうとしよう。ほかの四大侯爵と今後について話し合うことになっているんだ。では、アイザック君。シルフィを頼むよ」

「任せてください」

お父様はアイザックの言葉を聞き、一度大きくうなずくと部屋を退出した。

私が気を失っている間にいろいろ物事が動いていたようだ。最悪の事態が避けられないのならば、私以外の人たちに被害が及ばないようにしてほしい。

「私にできることってあるかな……？」

「ゆっくり休むことだ。顔色があまりよくない。横になるか？」

「ううん。大丈夫」

「わかった。じゃあ、蜂蜜たっぷりのハーブティーをもらってくるよ」

「ありがとう」

アイザックは微笑むと部屋を出た。

ゆっくりと息を吐いた時、ふと手にしていた手紙の存在を思い出す。

ルイーザからの手紙って言っていたわよね？

私は立ち上がると窓際まで行き、机の引き出しからペーパーナイフを取り出して封蝋と封筒の隙間に入れて引く。

中身を取り出すと便箋が一枚入っていた。便箋の文字を視線で追っていくうちに私は目を大きく見開いてしまう。

【シナリオどおりに世界が進むのならば、悪役令嬢ポジションとヒロインポジションを入れ替えるわよ】ってどういう意味……？

第十二章　大逆転後は、溺愛ハッピーエンド

あれから数日が経過。

私はほとんど屋敷から出ずに過ごしていた。

閉めきられているカーテンを引けば、淡く闇夜に浮かぶ満月が見える。地に落ちた自分とは対照的な輝く月の存在がまぶしい。

もっと気をつければよかった。あの時、ああしていれば……。

頭をよぎるのはタラレバの後悔ばかりで、なにもできない自分が歯がゆい。

ぎゅっとカーテンを握りしめると、部屋の扉をノックする音が聞こえた。

もしかしたら、アイザックだろうか？　それとも家族？

みんな、部屋から出ない私を心配してくれて、たびたび様子を見にきてくれる。

返事をすると、窓ガラスに反射して映し出されている扉が開いて、メイドの姿がうかがえた。

「お嬢様。ドレスに着替えましょう！」

「え？」

なだれ込むように複数のメイドたちが部屋に足を踏み入れると、まるで逃がさないというようにぐるりと私を囲んだ。

「待って。どういうこと⁉」

「今、城で夜会が開催されているんですよ」

「えぇ、知っているわ。本来ならば、私も参加していたから……」

「お嬢様。さぁ、着替えの前に湯浴みとマッサージです。今日の香油はローズオットーですので香りがいいですよ。お嬢様、お好きですよね」

「えぇ、好きよ」

「さぁ、湯殿に参りましょうね」

「えっ、あの……本当に誰か説明を……」

戸惑う私をよそにテキパキとしたメイドたちによって準備を整えられて、私はあっという間にドレスに着替えさせられた。

髪型もすべてセットされ、宝飾品も身につけている。

今開催されている夜会に参加しろと言われてもすぐに参加できるような格好だ。

「さすがはお嬢様です。完璧に着こなしていらっしゃるわ！　こういうデザインはミニム王国では見ませんが、かわいらしいですわね。ぜひ、うちの針子に見せたい」

「天使みたいでかわいいですわ」

姿見に映るのは、純白のドレスをまとっている自分の姿だった。

髪は下ろして右鎖骨付近でまとめルビーで作られたバラの髪飾りでとめている。

純白のドレスのデザインはネック部分がビスチェ風になっており、スカート部分はベルライン。

スカートは斜めにフリルとレースで段ができていて、下の生地にはブルーとピンクの宝石が夜空に輝く星々のように散らばり縫われている。

ミニム王国がある北大陸はシンプルなドレスなので、こういうデザインは絶対にほかの大陸のものだとは思う。

不思議なことにサイズはぴったりだ。

「ねぇ、そろそろ説明して」

私がメイドたちに言葉をかけると、みんな目配せし始める。

ひとりのメイドが扉を開けると、青年が立っていた。

「アイザック⁉」

私は彼の姿を視界に入れると口もとに手をあて固まった。

だって、アイザックは軍服に身を包んでいたから……。

漆黒の軍服には勲章がいくつもつけられ、腰には帯剣をしている。

軍服の上には黒いマントを羽織っているけれど、マントの内側部分は青い生地になっているようだ。

目を逸らすのがもったいないくらいに、格好よくて胸の高まりが止まらない。

「シルフィ」

アイザックは私のもとへ来ると、微笑んだ。

「綺麗だ。このまま誰にも見せたくないな。世の男たちはすべて君の美しさに惹かれる」

「褒めすぎよ。ねぇ、それよりこれはどういうことなの？」

「君を夜会に誘いにきたんだ」

「夜会……もしかして、城の？」

「あぁ」

「無理よ。私は外には出られないわ。それに夜会は……」

シナリオどおりならば、悪役令嬢であるシルフィは夜会で断罪される。

教科書を破くいじめ、階段から突き落とすいじめ。このふたつが現実に起こっているから、次は夜会での断罪。確率は高いだろう。

「シルフィ。みんなも君が来るのを待っている」

「みんな……？」

「マイカたちだ。大丈夫。俺を信じて。さぁ、決着をつけにいこう」

アイザックは私に向かって手を差し出してくれたので、私はおそるおそる手を伸ばして触れた。

屋敷を出立した私たちは、城の大広間付近に到着した。

馬車の中ではずっとアイザックが不安がる私の手を握っていてくれて、心強かった。

何度も訪れたことがある城の大広間までの長い廊下。若草色の毛足の長い絨毯は真っすぐに大広間まで向かっているんだけれど、まるで地獄までの道に見え足が先に進むのを拒んでいる。

脳裏に浮かぶのは断罪されているシルフィの静止画。

どうしても考えてしまう。断罪される未来の姿を――。

恐ろしさのあまり、私は奥にある扉を見ることができずに、ずっとアイザックの腕に顔を埋めてしがみついている。

「大丈夫だ。見てごらん？」

顔を上げてアイザックを見ると、真っすぐ正面を見ていたので、私も追うように顔を向けた。

そこにあるのは大広間へ通じる両開きの扉だ。

もしかして、扉になにかあるのだろうか？　……違う。扉じゃないわ！

アイザックが見ていたのは、扉ではなかった。

扉の左右にある壁にもたれている人たちを見ていたんだ。

「みんな！」

扉の前にいたのは、ウォルガー、マイカ、ルイーザ。それに、ラルフとマイヤーヌだった。

彼らもアイザックのように正装をしている。

どうしてみんながいるのだろうか。

そういえば、屋敷でアイザックからみんなが待っているって聞いていたっけ。

「この世の美しさを凝縮したような綺麗さに神レベルの神々しさ。天使降臨の瞬間ですわ……！」

「マイカ、騒ぐならあの女たちをつぶしてからにしなさい」

「たしかにそうですわね。あの人をなめきっている男とシルフィ様の害にしかならない女を排除しなければ」

そう言うと、マイカはルイーザの方を見た。

「申し訳ありません。ルイーザ様の婚約者でしたわよね」

「今日で終わりよ。もうすぐ婚約破棄が決定されるんだから。ただ、今回の件は残念だと思うわ。大なり小なり情はあったから」

ルイーザはまぶたを伏せると複雑な表情を浮かべる。

生まれる前からの婚約者で、長い月日を共にしたため、いろいろ思うことはあるのだろう。

「みんな、迷惑をかけてごめんなさい」

「迷惑のわけがないだろ。友達を助けるのは当然。まぁ、ひとり、友達枠じゃなくて熱狂者枠が混じっているけれど」

ウォルガーはマイカを一瞥した。

「さぁ、行こう。反撃の開始だ」

アイザックの言葉にみんながうなずくと、ラルフとウォルガーが扉を開けてくれた。

部屋と廊下を隔てていた障害物がなくなり、オーケストラの奏でる音楽にのりながらダンスを踊っている人たちの姿が見える。

会場にいる大半の人々は中央で踊っている殿下とエクレール様のふたりに見とれ、感嘆の声をあげていた。殿下はエクレール様を見て顔を緩め、エクレール様は穏やかに微笑んでいる。はたから見れば幸せそうなふたりだ。

「おい、シルフィ様がいるぞ！」

扉付近にいた貴族が私に気づき声をあげると、波紋のようにざわめきが会場内に広がり、人々の視線の矢にさらされる。

それをかばうようにアイザックが私の前に立てば、ルイーザが音楽隊に向かって片手を上げて演奏を止めさせた。

「ねぇ、シルフィ。シナリオ補正という運命から逃れられないなら、悪役令嬢とヒロインをすげ替えるわよ」

ルイーザがそう言うと、私の肩にポンと手を添える。

――それって、手紙に書かれていた言葉だわ。あっ、もしかして！

私は手紙の意味がやっとわかった。

突然止まった音楽や貴族たちのざわめきによって、殿下たちは私たちの存在に気づいたらしく、私たちのもとまでやって来た。

殿下は腕を組みながら憤怒という言葉がぴったりの表情を浮かべて口を開く。

「どういうつもりだ？　お前の処遇はまだ決まっていないはず。誰が外に出ることを許可したんだ。今さらエクレールに謝罪でもしにきたのか？」

「俺が許した。なにか問題が？」

「問題点が理解できないほど愚かなんだな、君は。彼女はエクレールを階段から突き落としただけではなく、ほかにも彼女に対して様々ないじめを行なったんだ。なんの罪もない愛しいエクレールを傷つけた」

「シルフィはそんなことをしていない」

「好きだからかばうのか。君も甘いな。シルフィに言いくるめられるなんて。生徒たちがちゃんと証言したんだ。シルフィがエクレールを階段から突き落としたと。裏は取ってある」

「――証人ってこの方たちですか？」

マイカの声が私の背に聞こえたので振り返ると、彼女は数人の生徒を連れていた。

彼らは皆、青ざめ、身を縮こまらせて震えている。

私がエクレール様を突き落としたと証言した子たちだ。

「謝罪するのなら最後のチャンスですよ？」

マイカが声をかけると、生徒たちはいっせいに深く頭を下げだす。

「申し訳ありません、シルフィ様。私たち、エクレール様にお金を積まれて虚偽の証言を行ないました。階段を偶然通ったのではなく、事前に呼ばれて集められていたんです。シルフィ様はエクレール様を突き飛ばしてなんていません」

ぞくりと背筋に寒いものが走った。

事前に集められたということは、私が職員室付近の階段を使用するのを、知っていたということだ。

ハーノルト先生までエクレール様の息がかかっていたってこと？

最近忘れっぽいのではなく、ベロニカに資料を渡し忘れたのは故意だったのかもしれない。

「嘘ですわ、殿下。きっとお金を握らせて虚偽の報告をさせたのですわ。マイカは私のことが嫌いだから貶《おとし》めようとしているだけです。以前、私がお友達になろうと声をかけた時も拒絶しましたし」

エクレール様は涙を浮かべると、殿下の胸に飛び込んだ。

殿下は痛ましい顔で彼女を守るように抱きしめる。

「たしかにエクレールの言うとおりだ。マイカはオルニス商会の娘。金で人を操ることなどたやすいだろう」

「嫌ですわ。こちらは全校生徒に対して情報提供料をお支払いするという約束で、皆さんから階段での事件に関して情報を募っただけ。聞きましたわよ。ひとりあたりたった百ルギだったんですって？　安すぎて哀れに思いましたわ。そんなはした金で他人を操り虚偽の証言をさせ、シルフィ様の人生を棒に振らせるなんて」

「たった百ルギ……」

会場内にいた貴族のひとりがぽつりとつぶやいた。

百ルギは日本円に換算すると百万円くらいの価値だ。ひとり百万円で虚偽の証言をさせていたなんて。

貴族の中には事業が失敗したなどの理由から金銭に困っている家があるため、もしかしたらその弱みに付け込んだのかもしれない。なんて非道なの。

「もしかして、伯爵家はひとりあたり百ルギしか出せなかったんですか？」

マイカがクスクスと笑いながらエクレール様を見ると、エクレール様が眉間に深くしわを寄せて怒号を飛ばした。

「なんですって？　ラバーチェ家を侮辱しないで。四大侯爵なのよ」

「元でしょ。どうでもいいわ。私、一般庶民だし。家の借金で困っている子たちの弱みに付け込んだなら、たった百ルギ程度じゃなくて全員の借金くらい払ってあげたらいいのに」

「あんた、まさか……！」

マイカは不敵な笑いを浮かべる。

「頭おかしいんじゃないの⁉　シルフィのためにそんな大金使うなんて」

「私はシルフィ様のためならば、お金は惜しみなく使いますわ。ありあまるお金はシルフィ様のために注ぎます。それに、そんな大金って言ってもたかが一億ルギじゃないですか」

「金の力を使って覆った証言なんて信憑性《しんぴょうせい》がない。逆にエクレールが罠《わな》にはめられた可能性もある。それに君は自分が言ったように庶民だ。信じるには身分が低い」

「はぁ？」

マイカが眉をひそめながら口を開こうとした時だった。アイザックの言葉が場を支配したのは。

「――では、身分の高い者の話ならば信じられるということか？　それならば実に残念だ。エオニオ・ラグ・シャルード」

その声は、名指しで呼ばれた殿下だけではなく、周りにいる人々も凍らせる冷たい声音だった。全員、身を固くして動けずにいる。

「アイザック……？」

ゆっくりと顔を上げてアイザックを見ると、威厳あふれる顔つきをしている。

誰かに乗り移られたと言われても信じるくらいに、今のアイザックは私が知るアイザックとは別人だ。

数ミリでも動いたら刃物を首もとに突きつけられるのでは？　という緊張感が大広間に走っ

ている中、最初に動いたのはエクレール様だった。

「ちょっと！　たかがブロンズが殿下を呼び捨てなんて不敬だわ。謝罪しなさいよ」

「ブロンズ？　あぁ、校章の色か。たしかにそのほかだな。俺はミニム王国の王族でも貴族でもない。なので、そのほかのブロンズだ」

「どういう意味よ？」

「もういいんじゃないですか、殿下。これ以上長引かせるとシルフィ様のお目汚しになってしまいます」

マイカが一歩前に出て言うと、殿下は自分の顔を指さして首をかしげてしまう。

「いいえ。私が言った殿下というのは、あなたのことではありませんわ。私の祖国、グランツの王太子殿下であるアイザック様です」

マイカはドレスの裾を持つと片足をうしろに引き、深く膝を曲げてアイザックに礼をとる。

まさか、アイザックがグランツの王太子殿下⁉

マイカが勘違いしている可能性もよぎったけれど、オルニス商会は西大陸を牛耳っている上にオルニス商会とグランツ国は建国からの付き合いでかなり親交が深い。

間違えることはないだろう。

でも、アイザックってマルフィ国出身って言っていたはず。もしかして、身分を隠していたのだろうか。グランツほどの大国ならば、命を狙われる可能性も高いし。

頭が真っ白になり告げられた事実を受け入れることができず、私はウォルガーの方を見る。

するとと彼は顔の前で両手を合わせて「ごめん」と唇を動かした。

――ウォルガー、知っていたの⁉

まさか、知らなかったのは私だけなのだろうか。

「どうして校章が最下位ランクのブロンズなのよ？　大国の王太子ならプラチナでしょ？」

「校章の制度に関する規定を読め。プラチナは、ミニム王国の王族または婚約者って書いてあるだろうが。俺はミニムの王太子ではないからな」

「嘘よ！　ありえないわ。そんな大国の王太子がどうしてミニムに留学してくるのよ。ミニム王国は、特別教育に優れているわけでもないのに」

エクレール様がヒステリックにわめき散らす。

「気が合いますわね。私も入学式でお見かけした時にそう思いましたわ。ですが、すぐに理由が判明しました。祖国では冷血無慈悲な最強の氷の王太子殿下が優しい眼差しでシルフィ様を見つめていらしたので」

落ち着いた口調でマイカが言った。

「またシルフィ、シルフィ。シルフィばかり！　こんな女のどこがいいのよ。私の方が美しし優れているのに。四大侯爵だから？　本当の四大侯爵は私の方なのよ。シルフィが持っているものはすべて私のものなのに！　盗人は消えればいい」

「まさか、そんなくだらないことでシルフィの命を狙ったのか？」

「命を狙う……？」

殿下がエクレール様の方を見るが、彼女は背を丸めながら両手で頭をかかえて激しく横に振っている。

エクレール様は、「本当は私が四大侯爵令嬢よ」というフレーズを何度もつぶやいている。

まさか、これほどにも強い執着があるなんて。

エクレール様の変貌ぶりに対して、私は彼女が四大侯爵の呪縛から解放されるように両手を組んで祈った。

「エオニオも聞いていると思うが、夏に襲撃事件があったのを覚えているか？」

「あぁ、もちろん。ルイーザが狙われた事件だろ」

「ルイーザは狙われていない。本当のターゲットはシルフィだったんだ」

「なんだって？」

「表向きは王太子殿下の婚約者襲撃事件となっている。事件はまだ調査中になっているが、実のところ調査はとっくに終わっていた。エクレールの身柄に関してうちとミニム王国で協議中だったんだ。ミニムが穏便に済ませたいばかりに協議が難航していた」

「そんな……じゃあ、僕は……」

「だから言っただろ？　破滅の恋だと。完全に騙されていたな。エクレールの身柄はグランツに引き渡してもらう。君の沙汰はミニム王国が下すそうだ」

殿下が崩れ落ちるように床に膝をつけば、ルイーザがゆっくりと近づきかがみ込んで殿下の肩に手を添える。

なにか言葉をかけようと唇を動かしたが、彼女は痛々しい表情を浮かべると振り払うように首を横に振った。

生まれた時からの付き合いだっただけに、言葉にできない思いがいっぱいあるのかもしれない。十六年間、一緒にいたのだから……。

「連れていけ」

アイザックが右手を掲げて声をあげると、どこからともなく黒い軍服を着た男たちが現れエクレール様を拘束した。

彼らが着用している軍服はアイザックと似ている。

左腕部分にグランツ国の紋章が入っているのまでは一緒なんだけれど、ボタンや襟もとのパイピングの色など部分的に違う箇所がある。もしかして、グランツ国の騎士なのかもしれない。

遠くからラバーチェ伯爵の声が聞こえてきたので、エクレール様のお父様たちも拘束されたのだろう。

「アイザック。エクレール様はどうなるの？」

私は騎士たちに拘束され連れていかれる彼女を見つめながら、尋ねた。

自我が崩壊し始めているのか、彼女は髪を振り乱しながらなにか叫んでいるけれど、はっきりとした言葉で私の耳には届いてこない。

あんなにも美しかったエクレール様と同一人物にはとても思えないわ。まるで呪いを受けたかのように、威厳を失い変わり果てている。

「エクレールはグランツまで護送され、〝灰色の森〟の監獄に収監される」

「グランツにも灰色の森はあるのね」

同じだわ。悪役令嬢、シルフィの最後と――。

ゲーム本編でシルフィが追放されるのは灰色の森の中にある屋敷。

グランツにあるのは、屋敷ではなく監獄だけれど。

ゲーム本編では彼女は屋敷で数日過ごすが、まだウォルガーをあきらめきれずに再起をかけて脱走してしまう。だが、森を抜け王都まで戻ろうとしていると、茂みから現れた『なにか』に襲われ血まみれの姿で倒れ息絶える。

なにかについては、ゲーム内ではっきりとした描写はない。だから、プレイヤーの間で獣や人などのいろいろな説が出ている。

今の私とエクレール様は〝悪役令嬢とヒロインが入れ替わった〟状態。

今までのことを考えるとゲームのシナリオのままではないが、大まかな筋は同じになるように補正されている。

仮に彼女が脱獄したら、死亡フラグが立つのだ。

私は彼女の死を望んでいない。ただ、自分の罪を償ってほしいだけ……。

「ねぇ、灰色の森にある監獄って脱獄できる？」

「無理だろうな。過去に一度も脱獄した者なんていない。それに、仮に脱獄に成功してもオオカミに襲われるだけだ。灰色の森の由来は凶暴な灰色のオオカミがいるからなんだよ。安心して。シルフィには二度と近づけさせないから」

アイザックはそう言うと、私の肩を抱き寄せた。


夜会の後のことはお父様たちに任せて、私はアイザックと共に彼の屋敷へ。

通されたのは、アイザックの部屋だった。

設置されているソファに座っているんだけれど、アイザックはソファには座らず床にひざまずいて私の手をずっと握っている。

まるで大型犬が怒られているみたいに、筋肉質な体を丸めてしゅんとしていた。

「怒っているよな……ずっとグランツの王太子だということを黙っていたから……」

怒るはずなんてない。ただ、心臓が止まりそうになるくらいに驚愕《きょうがく》した。

マルフィ出身というのを疑うことなく信じていたし、彼からグランツの話を一度も聞いたことがないため、まったく結びつかなかったから。

ただ、『家が武術や剣術に厳しい』って言っていたのは、グランツの王太子殿下だからか！

と、ちょっとだけ思った。だからといって、そこから彼の身分を推測できるはずもなかった。

「怒っていないよ。ただ、びっくりはしたかな」

私は微笑んで、アイザックが握ってくれている手を空いているもう片方の手で包んだ。

私の手を楽に包む大きくて温かなこの手は、何度私のことを守ってくれただろうか。

指に剣だこができているこの手も愛しい。

「床じゃなくて隣に来て」

アイザックは私の言葉にうなずくと隣に座った。

「すまない。いろいろ事情があって身分を隠していたんだ」

「もういいよ。アイザックはアイザックだもの。グランツの王子様でも変わらないわ」

「ありがとう。受け入れてくれて」

私は首を横に振ると微笑む。

アイザックがグランツの王太子殿下だったと知っても変わらない。大好きなままだ。

手を伸ばして彼の頬に触れると、抱き寄せられた。

広い胸板は硬くてたくましい。触れてしまえば、余計に彼への想いがあふれてきて、私は彼の背に手を回した。

温かく心地よい彼の体温を感じていると、アイザックがゆっくりと口を開く。

「シルフィ。愛している。ずっと……」

「え？」

私は顔を上げてアイザックを見た。

自分の都合がいいように脳内で変換されたのだろうか。

アイザックが愛していると告げたように聞こえた気がする。

「ねぇ、もう一度言って？」

「愛している」

「――っ」

はっきりと耳に届いた言葉は私の心を温かさで満たしていく。暖炉に灯した火がゆっくりと薪に広がっていくかのように。

前世でも現世でも初めての両想い。

好きな人に好きって想ってもらえることが、こんなにも幸福感に包まれるものだったなんて全然知らなかった。今までは悔しさや悲しさの涙だったけれど、今日はうれしさで涙があふれる。

伝えなきゃ。アイザックに私の気持ちを。

私はアイザックの瞳を真っすぐ見つめて自分の気持ちを告げた。

「私も好き……大好き……」

「ありがとう。大切にする。今まで以上に」

アイザックが熱を持った瞳で、私の頬に手を伸ばして触れた。

私はゆっくりとまぶたを伏せる。

彼が近づくのを感じた次の瞬間、優しく口づけされた。

全身の血液が沸騰するような感覚に陥り、恥ずかしくてうつむいてしまう。すると彼に「顔を見せて」と耳もとでささやかれ、ますます頬が熱くなった。

この余裕はどこから……？　私にも欲しいわ、その余裕。

私なんて触れ合うようなキスをしただけでも、こうなるのに。

「シルフィのこれからの未来を一緒に過ごさせてほしい」

「それって……」

アイザックは私の手を取ると薬指に口づけを落とした。

「俺と結婚してほしい」

アイザックのことは好きだけれど、結婚となると国の問題がかかってくる。ちゃんとグランツ側から許可をいただかなければならない。

「私も一緒にいたいわ。でも、まずグランツ国の賛同を得なければ……」

「それは問題ない。グランツ側はシルフィと俺の結婚を了承する。俺が学園に留学する理由がシルフィだったからな。卒業までに俺がシルフィと両想いになったら、シルフィとの結婚を認

める。ただし、振られたら父上が選んだ女性と結婚するという縁起の悪い条件付きだったが」

「一緒にいられるの？」

「あぁ、全然問題はない。おそらく結婚は卒業してからになるから婚約が先だと思う。婚約に関してはエクレールの件が終わってからだろうな。父上に手紙を出しておくよ。オルニス商会経由で国に伝わる方が早いかもしれないが」

「グランツ国にも行ってみたいわ。アイザックが見てきたものを私も見たいの」

「冬休みに一緒に行こう。案内するから」

私はうなずきアイザックの胸にもたれかかると、彼が私の頭をなでてくれている。

日向ぼっこをしている猫のように、とても心地がよい。

ここ数日ずっと先の見えない不安から眠れない日々が続いたので、心身共にリラックスし始めると、夢の世界に誘われてしまい、まぶたが重くなってきた。

眠い……ずっとまともな睡眠が取れていなかったもんなぁ……。

まぶたを完全に下ろしたら絶対に寝ると断言できる状況だ。睡魔と戦っていると、アイザックの笑い声が聞こえてくる。

「いいよ、無理せず眠って。部屋まで運ぶから」

「アイザックとの時間……もったいないもの……」

「ほんと、シルフィにはかなわないな。いつも理性がぐらつくほどかわいいことを、たやすく言うんだから。大丈夫だよ。これからはずっと一緒にいられるから」

「うん……」

小さくうなずくと、ゆっくりとまぶたを閉じて夢の世界に行った。


夜会から数日後。

状況も落ち着いたため、今日から学園に復帰することに。

私は自室にある鏡の前に立ち、数日ぶりに袖を通した制服姿の自分を見ていた。かなり久しぶりの制服なので、ちょっと新鮮味あふれている。今日からは学園だけでなく、メイドカフェにも復帰する予定だ。

「いまだに夢かな？　って思っちゃう時があるわ。転生した時の自分ではまったく想像できないくらいの幸せに包まれている」

私はそう言うと鏡に映る自分に触れた。

触れている手の薬指には、ピンクとブルーの石がはめ込まれた指輪がうかがえる。アイザックからの贈り物だ。

双方の国で婚約の話は進んでいるけれど、まだ正式な婚約者にはなっていない。

書面で婚約を交わしてからグランツ国で婚約の儀式を行なって初めて認められる。

そのため、私は今年の冬にグランツ国へ渡航することになっていた。

――アイザックの生まれた国に早く行ってみたいわ。彼が見てきたものを見てみたい。彼のことを考えたら、ますます会いたくてたまらなくなった。もうすぐ迎えにきてくれる時間だから、あとちょっとで会えるのに。

「お嬢様」

部屋をノックする音が聞こえたので返事をすると、扉が開き現れたのはメイドだった。

彼女は穏やかに微笑むと口を開く。

「アイザック様がお迎えにいらっしゃっておりますわ。玄関ホールでお待ちになるとおっしゃっています」

「わかったわ。教えてくれてありがとう」

アイザックが来ている！

はやる気持ちを抑えることなく、鞄を持ち急いで部屋を出て玄関へ向かった。

階段を下りていく途中で、ホールにいたアイザックが顔を上げたので視線が交わる。透き通るような海色の瞳は、私を捉えると優しく細められた。

アイザックの笑顔を見るだけでこんなにも胸が締めつけられるなんて。朝から幸せすぎて泣きそうになってしまう。つい数日前までこの私には、悪役令嬢のシナリオによる断罪フラグが立っていたのに。

「おはよう」

アイザックの前に立つと挨拶をした。

ちなみに彼の薬指にも私と同じ指輪がはめられている。

「おはよう、シルフィ」

「ごめんね。待たせて」

「全然。今来たところだから」

そう言うと、アイザックはじっと私のことを見つめた。

もしかして顔になにかゴミでもついているのかな？　さっき鏡を見た時にはとくに気にならなかったんだけれど。

「どうしたの？」

「今日もかわいいなぁと思って」

「アイザックっ！」

私はアイザックの腕を軽く叩くと彼は喉で笑った。

「本当にかわいいよ。俺の婚約者は。五年前から変わっていない。ずっとシルフィはかわいくて愛しいままだ」

アイザックは私を抱き寄せると、こめかみに口づけを落とす。

慌てて辺りを見回したが気を利かせてくれているのか、いつも見送りをしてくれている使用人たちの姿がなかった。

誰にも見られなくてよかったわ。

知り合いに見られたら恥ずかしくて顔から火が出そうになっちゃうもの。

――アイザックばかり余裕があるなんて、ちょっと悔しいかも。

私は背伸びをすると彼の頬にキスをした。

すると、アイザックはこれ以上開けないだろうというくらいに目を見開き、私の方を見た。

何度も瞬きをしたまま、自分の頬に手をあてている。

「……本当にかなわないよ……シルフィには」

真っ赤に染めている顔を隠すようにアイザックが片手で顔を覆う。

「このまま家に連れて帰りたいが、シルフィは久しぶりの学校だもんな」

「うん」

「名残惜しいけれど登校しよう。ウォルガーたちも待っているだろうから」

アイザックが扉を開けてくれたので外に出ると、「おはようございます！」という元気な声に出迎えられる。

まったく予想もしていなかった人物の声音だったため、私はちょっと狼狽《ろうばい》した。

「マイカ⁉」

「ちょっと待て。なんでいるんだ⁉」

どうやらアイザックも想定外だったらしく声がうわずっている。

「それはこっちの台詞ですわ。シルフィ様の久しぶりの登校ですのよ？　当然、私がお迎えにあがります」

マイカが得意げに言う。

「いいよ、俺がいるから」

「はっ。さっそく彼氏面ですか」

「彼氏面ではなく、婚約者面だな」

「嫌だわー。まだ正式な婚約をしていないのに」

「冬休みに正式な婚約を交わす予定だ」

「あら、偶然。私も冬休みには実家に帰ろうかなと思っていますの」

ふたりは相変わらずの仲らしい。お互い睨み合いながら見えない火花を散らしている。

えっ、この関係もずっと続くの？　というか、このまま硬直状態が続いたら確実に遅刻する。

私はふたりの間に入るよう立ってそれぞれと腕を組んだ。

「シルフィ⁉」

「シルフィ様⁉」

「三人で仲よく行きましょう。遅刻するわ。ね？」

「なんて天使。朝から宗教画に描かれているような神々しい笑顔をありがとうございます。お金を払ってこの笑顔が見られるのならば、支払わせてください」

「そこは同意する。払いたい」

私はふたりを交互に見て「払わないで」と言う。

「払わないで」

こういうところはふたり意見が合うよね。本当に仲がいいのか悪いのかわからないふたりだ。

エクレール様にはめられてシナリオどおり悪役令嬢としての人生を終えかけたけれど、悪役令嬢ポジションからヒロインポジションに交換して生き延びた。

これからは悪役令嬢シルフィとしてではなく、シルフィ・グロースとしての人生を歩む。

悪役令嬢のシナリオが終了したのでシナリオはもうないけれど、きっと大丈夫。

私には愛する人と大切な友人たちがそばにいてくれるから——。

Fin.

あとがき

このたびは、本作をお読みいただき、ありがとうございます。

ずっと転生悪役令嬢もので、愛され系悪役令嬢を書きたいと思っていました。

ヒーローとヒロインから慕われる悪役令嬢がいい。悪役令嬢たちがメイドカフェを経営する。

悪役令嬢の身に、回避したと思っていたフラグが再び立ち絶体絶命に陥ってしまう。ヒーローの初恋相手が悪役令嬢。最後は溺愛ハッピーエンドで……。

そんなふうにざっくり考えたバラバラのものが、ひとつの形になりシルフィたちの物語になりました。

初めての悪役令嬢ものなので、原稿が完成したときは、最後まで紡げたことにほっとしました。

シルフィとの再会のために苦手なことに打ち込み、やっと結ばれたアイザックに「よかったね」と声をかけたいです。

両想いになった本編完結後は、シルフィとアイザックは甘い日々を過ごしていると思います。

最後に謝辞を。

イラストを手がけてくださった鈴ノ助様。美麗なイラストを拝見し、ときめきがとまりませんでした。生き生きとしたシルフィたちを描いてくださってありがとうございます。

作業を優しくご指導くださった担当様。ノープロット派でプロットなしで執筆していたため、プロット作成などいろいろ教えていただき、とても勉強になりました。その節はありがとうございました。

文章を丁寧にご指導くださった編集担当様、校正様。自分でも気づかなかった癖に気づきました。本当にお世話になりました。

また、この本の出版に携わってくださったすべての皆様にお礼申し上げます。

Ｗｅｂや書籍などで歌月を応援してくださっている読者様。いつもありがとうございます。

物語を紡いでいくことでお返しできればと思っております。

最後に、本作を手にとって下さった皆様に最大級の感謝を！　多くの書籍の中から本作を手に取っていただき、ありがとうございました。

シルフィのたち物語を楽しんでいただけたら幸いです。

それでは、またどこかでご縁がありますように。

歌月《かづき》碧威《あおい》

悪役令嬢はお断りします！
～二度目の人生なので、好きにさせてもらいます～

2020年10月5日　初版第1刷発行

著　者　歌月碧威

発行人　菊地修一

発行所　スターツ出版株式会社

〒104-0031　東京都中央区京橋1-3-1　八重洲口大栄ビル7F
☎出版マーケティンググループ　03-6202-0386
（ご注文等に関するお問い合わせ）

https://starts-pub.jp/

印刷所　大日本印刷株式会社

ISBN　978-4-8137-9057-0　C0093　Printed in Japan

［歌月碧威先生へのファンレター宛先］
〒104-0031　東京都中央区京橋1-3-1　八重洲口大栄ビル7F
スターツ出版（株）　書籍編集部気付　歌月碧威先生

ベリーズ文庫の異世界ファンタジー人気作
fantasy にて
コ・ミ・カ・ラ・イ・ズ・好・評・連・載・中・！
転生王女のまったりのんびり!?異世界レシピ